文春文庫

父子船

仕立屋お竜

岡本さとる

文藝春秋

目次

主な登場人物

お竜……………………鶴屋から仕事を請け負う仕立屋　しかしその裏の顔は……。
鶴屋孫兵衛……………老舗呉服店の主人　八百蔵長屋の持ち主でもある。
北条佐兵衛……………剣術の達人　お竜を助け武芸を教える。
井出勝之助……………浪人　用心棒と手習い師匠をかねて、鶴屋を住処にしている。
隠居の文左衛門………孫兵衛の碁敵　実は相当な分限者らしい。

父子《おやこ》船《ぶね》

仕立屋お竜

一、 我が子

(一)

「惣三郎《そうざぶろう》……」

「どうした兵之助《ひょうのすけ》……」

「昨夜の女、消えてしまったぜ」

「消えてしまった？　宿を出たのか……」

「そのようだな。七つ立ちで、江戸の方へ向かったようだ」

「まったく気が付かなかったな……」

「惣三郎、お前がいけない」

「何がいけないのだ」

「あの女に乗せられて、調子よく飲むから眠ってしまったのだ」

「それは兵之助、お前も同じではないか。おれより飲んでいたぞ」

「お前につられて飲んでしもうたのだよ」

「とどのつまり、お前も飲みすぎて眠りこけたのだよ」

「お前がいるから大事ないだろうと、思うたのだよ」

「兵之助は何でも他人《ひと》のせいにする。悪い癖だぞ」

「まったく頭にくるぜ……」

「ああ、女があれほど酒が強いとは、思いもよらなんだ」

「がきは眠っていたから、ちょっとばかり二人でかわいがってやろうと思うたものを……」

「なかなか、男好きのする好い女だったからな。惜しいことをした」

「で、惣三郎、宿の者に確かめたのか？」

「確かめたから言っているのだ」

「昨日の酒の払いは？」

「酒を飲もうと言ったのはこっちだ。もちろん、おれ達に付いている」

「飲み逃げされたか……」

「そういうことだな……」

東海道神奈川宿の旅籠《はたご》で、このような愚にもつかぬ話をしている旅の浪人が二人。

何《いず》れも年の頃は三十過ぎ。なかなかの偉丈夫で、屈強そうに見える。

額が張り出しているのが、飯田《いいだ》惣三郎。

頬骨が張っている方が、西沢《にしざわ》兵之助という。

二人は、相模《さがみ》一円をうろうろとしながら、そのいかつい風体を武器にして、よからぬことをしながら暮らしている。

特に女には目が無く、旅の女を見かけたら、言葉巧みに近付いて、酒に酔わせて手込めにするのを常としているのだ。

ところが今は、そうはいかなかったらしい。

まだ幼い子供を連れた女と旅籠で出会い、酒に酔わせてものにしようと思ったところ、逆に酒で潰されて気がついたら朝となり、女は既に宿を発《た》っていたのである。

己が間抜けを恨むべきところだが、兵之助は何かに思い当ったようで、

「まあ、酒の払いはいいとして、女は妙な話をしていたな」

「妙な話……？」

惣三郎は宿酔《ふつかよ》いに痛む頭を抱えながら、兵之助に怪訝《けげん》な目を向けた。

「男の話だよ」

「男……？　おお、そういえば、ここに今日男が訪ねてくると言っていたな」

「浪人の剣客で、連れていた子供の父親だと言っていたではないか」

「ああそうだったたな。随分と惚気《のろけ》を聞かされたものだ」

二人が旅籠へ入って、草鞋《わらじ》を脱いでいる時、ちょうどその女も入ってきた。

子供連れではあるが、宿場女郎を相手にするくらいなら、少々無理を通してでも、女と懇《ねんご》ろになってみたいと、二人は一目見て思った。

肉置《ししお》きが豊かで、目は形よく切れ上がり、厚めの唇にえも言われぬ色気があった。

一旦は、それぞれの部屋に分かれたが、まず惣三郎が旅籠の主人に訊ねてみると、今宵は女の連れは子供の他に誰もないという。

それならば今宵の内に何とかしてやろうと、夜を待って、女の部屋を覗いた。

女はちょうど子供を寝かしつけたところであった。

そこで惣三郎が、

「袖振り合うも多生《たしょう》の縁とか申す。坊やも眠ったようじゃ。少しだけ我らの部屋で一杯やらぬか」

と、誘いをかけた。

女は逡巡《しゅんじゅん》したが、

「まさか、我らを怪しんでいるのではあるまいな」

と、有無を言わさぬ口調で、兵之助が続けた。

「我らは剣術修行の旅に出ている者でのう。色々と珍しい話も、旅の間に集めておきたいのじゃよ。ははは、来ぬというなら、酒を持って押しかけるぞ」

惣三郎が、飄々《ひょうひょう》たる物言いの中に脅しを込めて迫った。

女は押しかけられても困ると、子供を気遣ったのであろう。

「それでは、ほんの少しだけ……」

意外やにこやかに誘いにのった。

その物腰からして、それ者《しゃ》あがりではないかと思われた。

——引っかかりよった。その辺りの酔っ払いを捌《さば》くのとはわけが違うぞ。

惣三郎と兵之助は内心ほくそ笑んだが、女は巧みな話術を駆使して、男二人に酒を注ぎながら、

「ここで明日、やどと落ち合うことになっておりまして……」

と、さりげなく男の存在を匂わせてきた。

「ほう、あの子の父親か？」

「そなたの亭主は果報者よのう。いったいどういう男なのだ」

惣三郎と兵之助が問うと、

「はい、それが……、先生方と同じ、剣術修行の者でございます……」

女は言い辛そうに告げたのだ。

惣三郎は兵之助と顔を見合って、

「ほう、左様か、それゆえ我らに親しみがわいたと申すか」

と、皮肉な言葉を投げかけた。

女はそれ者あがり。しかし、亭主が武士となると、少し訳ありだ。

浪人の身で食えぬゆえ、客商売をする女に引っ付いて養ってもらっているというところか――。

そうだとすれば、惣三郎と兵之助にとっては羨ましい限りだ。

その男に、ちょっとした嫉妬が湧いてきた。

剣術修行の者と、明日ここで落ち合うとなれば、女をまんまと酒に酔わせて懇ろになってやるなどという邪心は持たぬ方がよかろう。

だが、こっちは二人である。

それなりに腕に覚えがある。

女の亭主、何するものぞという気になってくる。

女子供を二人だけで旅籠に泊まらせるそ奴がいけないのだ。

酒に酔わせてしまえば、互いに酒の上での失態として、女の亭主にどうこう言われるいわれもないし、文句があるなら受けて立ってやる――。

そんな想いが、二人の無頼浪人の気を大きくさせていた。

それでも、亭主がどれほどの剣客か確かめておきたくなる。

「剣の流儀は何かな？」

「生まれはどこで、これから落ち合《お》うてどうするつもりだ？」

などと、亭主の人となりを根掘り葉掘り聞き出さんとしたものだが、酒の席では女の方が一枚も二枚も上手であった。

話を聞いているうちに、男二人の方がすっかりと酔ってきた。

決して酒に弱い二人ではない。

そのうちに女も酒に正体をなくすであろうと思ったのだが、女はうわばみで、酔ったように見せておいて、

「さあさあ、もっと飲んでくださいまし」

実に好い間合で酒を勧めてきて、泰然自若としている。

やがて不覚にも惣三郎と兵之助は酔い潰れ、気がつけば朝になっていたのだ。

そして今、酒が抜けていくと、二人は女が話していた剣客の亭主のことが、気になり始めていた。

「あの、亭主の話は、おれ達に脅しをかけるための作り話とも思えぬ」

と、兵之助は唸った。

「ああ、言うことには筋が通っていた。それに女の話を聞いていると、その剣客の浪人に、覚えがあるような……」

惣三郎も首を捻った。

「惣三郎、お前もそう思うか。あ奴かもしれぬ……。もしそうだとすれば放っておけぬぞ。宿を出て、女の後を追わねばのう」

だらしなく宿酔いに顔をしかめていた、不良浪人二人の目に鋭い光が宿った。

(二)

快晴の暖かな日々が続いているが、文政四年も十月の半ばとなり、暦の上では冬となっていた。

一月《ひとつき》ほど前。

仕立屋のお竜《りゅう》は、人を斬る快感に溺れた旗本を、地獄へと案内した。

しかし、旗本屋敷への潜入。腕利きの食客を倒しての仕事は、さすがのお竜も手こずった。

その時、相棒の井出勝之助《いでかつのすけ》と共に、自分を救ってくれたのが、武芸の師であり、忘れえぬ男、北条佐兵衛《ほうじょうさへえ》であった。実に久しい再会となり、彼のお蔭で、見事敵を仕留めたとはいえ、佐兵衛はそのまま姿を消してしまい、お竜は一抹の寂しさを覚えていた。

それを紛らすためには、やはり裏稼業に体を張るのが何よりであろう。

とはいえ、裏稼業が忙しいのは、それだけ泣いている人がいるわけで、少しもめでたくはない。

表の顔である仕立屋の仕事をひとつひとつこなして平穏な日々を過ごすのが幸せと思わねばなるまい。

一人で針を使っていると、あれこれと思い出が襲いかかってきて胸を揺らすが、早く仕上げて呉服店〝鶴屋《つるや》〟へ納めに行けば、主人の孫兵衛《まごべえ》以下、店の者達が温かく迎えてくれる。

そもそもが、人交わりが得意でもないお竜であるから、今の暮らしに満足しなければいけないのだ。

「お竜さん、今日もまた好い仕上がりですねえ。ご苦労さまでした……」

この日も、孫兵衛に仕立物の出来を誉められて、

「お茶くらい飲んでいってください」

との言葉に甘え、帳場の隅の框《かまち》に腰をかけ、温いお茶を飲んでいると、気持ちも落ち着いた。

小半刻くらいで店を辞して表へ出ると、

「お竜殿、御機嫌いかがかな」

お竜の姿を見つけた井出勝之助が出てきて声をかける。

これもいつもの決まりごとになっていた。

〝鶴屋〟の陰の主で、〝地獄への案内人〟の元締・文左衛門《ぶんざえもん》の下で、案内人として時に共闘する二人である。

日頃から言葉を交わして、互いの様子を確かめておくのは大事なことだが、店

の中では話し辛い。

店を出て五、六歩の、曲り角で立ち話をするのがちょうどよいのだ。

「これは先生、お変わりないようで何よりですねえ」

お竜が応えると、勝之助のふくよかな顔に笑みが浮かぶ。

勝之助は、〝鶴屋〟の奉公人達の文武の指南役であり、用心棒なのだが、お竜と違って、

「おれは、二六時中、人とあほなことを言い合うておらぬと、気ィがふさいでしまう」

という男である。

お竜との立ち話もまた欠かせぬ一時の楽しみなのだ。

日常に決まりごとがあるというのは真に心地よい。

「まあ、互いに変わりのないのは何よりやが……」

勝之助は調子よく喋ると、

「そろそろこの腕が寂しがっているわ。ははは、困ったこっちゃな……」

小声で頷《うなず》いてみせた。

彼もまた、お竜と同じ想いでいるらしい。

「はい、まったく困ったものですよ」

お竜はニヤリと笑って相槌を打った。

互いに体の中で、修めた武芸の息吹が時に蠢《うごめ》いてうずうずとする。

せめてその感覚を知る者同士で、虫の鎮め方を教え合うと、かなり気分が晴れるのだ。

「仕立屋は、体が鈍《なま》りそうになったらどないしているのや」

勝之助が上方訛《なま》りで問うた時であった。

「井出の旦那……」

と、彼に一人の女が呼びかけた。

傍らには、五、六歳くらいの子供を連れている。

「おや……、お前はお浪《なみ》……」

勝之助は懐かしそうな目を女に向けた。

お浪と呼ばれた女は、小腰を折って、

「お話の中《ちゅう》に、ごめんなさいまし……」

お竜に詫びた。

「ああ、この人はお竜さんと言うてな、何も気ィ遣わんでもええ人やねん」

勝之助は屈託がない。

――何を言ってやがんだ、この極楽蜻蛉《とんぼ》が。

お竜は心の内で毒突《どくづ》いた。

勝之助とお浪が以前に、ちょっとした仲であっただろうことは、お竜とて一目見ればわかる。

「大した話もしておりませんよ。ちょうど家《うち》に帰るところでしたので、ごめんくださいまし……」

お竜は、さっさと退散した。

「なんや、愛想なしやったな」

背中から、勝之助の明るい声が聞こえてきた。

――愛想なしやったな？　一緒にいられるわけないだろ。

お竜は、いつもながらどこか憎めない勝之助に、背中越しに手を振りながら、

――体が鈍りそうになった時、することはひとつさ。

北条佐兵衛の留守宅に風を通しがてら、そこで武芸の修練を積むのだと、自答していた。

そういえば、佐兵衛と別れてから、まだ浪宅へは行っていなかった。

久しぶりの再会に、武芸の弟子よりも、女としての心が騒いだゆえに、行くのが憚《はばか》られたのだ。

だが、そろそろ気持ちも落ち着いてきた。牙と爪を研がねば、いざという時に〝案内人〟としての勤めが出来まい。

そう思ったものの、勝之助とお浪の再会がどう転んでいくのかがいささか気になる。

お浪は子連れであった。

かつて惚れた女と再会してみれば、既に母となっていた──。

前にも勝之助は、そんな切ない想いをしていた。

三十近くになると、周りの女達は女から母へと変わっていくものだ。

当り前のことなのだが、男はそこに哀感を覚えるらしい。

他人の恋路など知ったものか。

虚無に生きてきたお竜が、好奇の目を外へ向けるとは、自分自身考えられなかった。

しかし、そんな少し浮かれたような気持ちが、お竜にとっては実に新鮮で心地よかったのである。

(三)

「あれから何年になるだろうなあ」

「六年というところですかねえ」

「そんなになるか……」

「はい……」

井出勝之助は、楓川《もみじがわ》の岸辺で、お浪と並んで水面《みなも》を見つめていた。

お浪の幼な子は、無邪気に走り廻っている。

放蕩が過ぎて、京の吉岡道場を追い出された勝之助は、大坂へ出た後、天満《てんま》の山下道場の門を叩いたが、師範の姪を好きになり、同じく彼女に想いを寄せる相弟子に譲らんとして、すぐにまた旅に出た。

失恋の痛手を抱え、上方から遠く離れたかった。

急ぎ東下したものの、大磯の宿でその無理がたたって風邪をひき、こじらせてしまった。

旅籠を探す余力も失い、化粧坂《けわいざか》の休み処で動けなくなった彼に、手を差し伸べてくれたのがお浪であった。

お浪は勝之助より一つ二つ歳が下であったはずだが、一人で立派にその休み処を切り盛りしていた。

お浪は数日、勝之助を、店の奥の一間に寝かせ、手厚く介抱したものだ。

お蔭で、勝之助はすぐに体力を戻し、

「礼をする余裕もないが、きっと金を稼いでここへ戻ってくるゆえ、それまでこの恩義は借りておくよ」

そう言ってお浪に謝し、江戸へ向かわんとした。

お浪は美しく、情のある女である。お浪目当てに休み処に来る男達も数多いようだ。

自分のような男がいつまでも厄介になっていると、おかしな噂も立つだろうし、迷惑になると思ったのだ。

だがお浪は、

「しっかりと養生してから発った方が好いですよう。あたしのことは気にしなくて構いませんから」

と引き止めて、裏手の離れ家《や》に住まわせてくれたのだ。

勝之助はその言葉に甘えた。

実際に、まだ心身共に本調子でなく、ゆっくりと休みたかったし、お浪に心を惹かれてもいた。

旅先で好い女にやさしくされ、息を吹き返したのだ。男なら誰でも、浮わついた気持ちになるだろう。

しかし、勝之助は、しっかりとしているようで、女の弱さや翳《かげ》りがお浪から見受けられ、

——様子を見て、できることがあれば力になろう。

という気持ちが先に出たのだ。

井出勝之助は、何ごとにも前向きに物ごとを捉える男で、かつ陽気でたくましい。

離れ家に住むと近隣の住人達には、

「お浪殿に願い出て、離れ家をしばし間借りいたすことになった剣術修行の者でござる」

と、自ら挨拶に出向き、お浪にも住人達にも、

「それがしにできることがあれば、何なりと申しつけてもらいたい」

そのように告げた。

どうせすぐに、離れ家に見かけぬ顔の男が住んでいると、世間に知れるであろう。

それなら堂々と、剣術修行の者で、少しの間当地に逗留をするのでよしなにと、人交わりをしておいた方がよいと思ったのだ。

勝之助の思惑は功を奏した。

盛り場で大暴れした利かぬ気が、旅に出て苦労をしたことで、ほどよい愛敬となって身につき、元よりやさしい勝之助に深みを与えていた。

気取らず臆せず、笑顔を絶やさぬ彼は、老若男女の区別なく、たちまち人気者となった。

剣術修行の者という限りは、鍛練をせねばなるまいと、野山を駆け、木太刀を手に一人黙々と型稽古をした。

その姿を見かけた者達は、

「あの若いお武家は、相当腕が立つようだ」

と、口々に噂をし合った。

お浪に邪《よこしま》な想いを持って近付いてくる男は多かったが、

——下手なことをしたら、離れから井出の旦那がとび出してきて、真っ二つにされちまうぜ。

と、誰もが襟を正したものだ。

勝之助の許には、

「若い者達の喧嘩を仲裁してやってもらいたい」

「酒癖の悪い亭主を、和尚さんに諭《さと》してもらうのですが、暴れ出すかもしれないので、付き添ってもらえませんか」

などという相談もきて、勝之助はいちいちそれを引き受けて、町の治安に一役買いもした。

そういう暮らしが続いたので、お浪と勝之助の仲を疑い、言い立てる者が出ることはなかった。

しかし、お浪は強くやさしい勝之助に日々触れるわけであるから、女心が揺れた。

勝之助とて、お浪を支えてやりたいという想いが心の内で大きくなっていたから、二人の仲はたちまち縮まっていった。

ある嵐の夜。

激しい風雨に怯えるお浪を気遣い、母屋の戸閉まりを手伝ううちに、二人はどちらが誘うわけでもなく寄り添い合い、結ばれたのであった。

勝之助は、天にも舞い上がる想いとなったが、今しばらくは二人がわりない仲になったと他人に気付かれぬよう注意を払った。

「あの二人はお似合と思わねえか」

「いっそ一緒になれば好いのに……」

周囲の者達からそんな言葉が出れば、その時は晴れて一緒になっても好いと思った。

剣の道に生きんとして旅に出たが、自分に立派な剣術師範が務まるかは、甚《はなは》だ疑問であった。

この大磯で、お浪と寄り添い、町の者達と触れ合いながら暮らすのも悪くはない。

勝之助はそう思い始めていたのだが、とどのつまりは別れてまた旅に出ることになった。

別れを切り出したのは、お浪の方であった。

そもそも大磯の休み処をお浪が切り盛りするようになったのは、勝之助とまったく同じ理由であった。

旅の道中、お浪もまたこの地で発熱して、休み処の主に助けられたのだ。

その人は甲州の陶工であった。

休み処が売りに出されていたので、これを買い取り、窯場《かまば》に改修するつもりで、弟子数人と越してきたのである。

お浪は、小田原の貧農の家に生まれ、城下の料理屋で女中奉公するうちに、腕の好い大工に見初められて夫婦となった。

ところが、その亭主というのがとんでもない極道者の酒乱であった。お浪は身の危険を覚えて逃げてきたのだ。

陶工は、お浪を気の毒に思い、この休み処で暮らすよう勧めてくれた。

ちょうど陶工は、ここに窯を作ろうとしたものの、焼き物に必要な土の調達がはかばかしく進まず、早くも余所《よそ》に移らんとしていたところであった。

「半年に一度、遣いをやるので、その者に店賃《たなちん》を払ってくれたらよろしい」

休み処の女将《おかみ》となって働いてみたらどうだと、ありがたい条件で店貸しをしてくれたのであった。

「店賃は払えるだけでよろしい。お前さんは客商売をしていたというから、店はきっと繁盛するでしょう」

陶工は重ねて言った。

お浪はありがたく陶工の勧めを受け、休み処の切り盛りをするようになった。

それが、お浪の過去であった。

その話は、お浪に聞くまでもなく、近隣の住人達の口から自然と勝之助の耳に入っていた。

勝之助にとっては、お浪の来《こ》し方《かた》などどうでもよかった。

お浪は初めて結ばれた夜、

「あたしは、勝之助さんに相応《ふさわ》しい女じゃありません……」

と、勝之助の腕の中で泣いた。

「おれを買いかぶってもらっては困る。井出勝之助など、剣客崩れの甲斐性なしさ……」

勝之助はお浪を抱き締めて、そんなことを言うなと、耳許で囁《ささや》いたものだ。

そうして一月ばかり、二人は寄り添って暮らしたのだが、

「やはりあたしは、お前さまと一緒にはなれません」

ある夜、お浪は思い詰めた顔で言った。

「何でや？　何でそんな悲しいことを言うのや？」

勝之助はお浪に問うた。するとお浪は、

「別れた亭主が、あたしを捜していると、風の便りに知ったんですよ」

と、震える声で言った。

「別れた亭主……」

そ奴は、とんでもない極道者で、酒に酔って何度もお浪に手をあげたという男ではなかったか。

「わかっていますよ……。あの男がこの町にやってきたら、勝之助さんに叩き出してもらって、それからずっとお前さまと一緒にいたら好い……。その方があたしにとっては幸せだと……」

唖然《あぜん》とする勝之助に、お浪は胸の内をさらけ出した。

「でもねえ……。噂を聞けば、あの極道者は今ではすっかりと酒も止めて、真っとうな暮らしを送っているそうなんですよ」

「それは、本当のことなのか？」

「ええ、同じことを何人もが口にしていますから、嘘じゃあないようなんです」

「そうか……」

「頭にくる男でも、一度は夫婦《ふうふ》の契りを交わした相手ですから、あたしとやり直そうと思って、心を入れ換えたと聞けば、会ってやりたくなりましてねえ……」

掻き口説くお浪を前に、勝之助は何も言えなくなった。

「勝之助さんは、ここにいてはいけない人なんですよ。そろそろ、出て行ってくださいまし」

やがてお浪は、涙ぐみながら思い切るように言った。

「いつか、どこかでお会いしたら、その時は、井出の旦那……、と声をかけてもよろしゅうございますか……？」

せめてもの自分の気持ちを、この言葉に添えて――。

勝之助は、お浪の気持ちが痛いほどわかった。

一緒にいると幸せそうな頬笑みを浮かべるが、その瞳の奥にどうしようもないほどの重苦しい哀切が含まれているのを、いつも感じていたからだ。

井出勝之助と一緒にいたいのはやまやまだが、この地で好いた男を腐らせたくはない。

その想いに加えて、自分への罪を覚えて立ち直ろうとしている別れた亭主を、やはり女房の自分が何とかしてやらねばならないと、肚《はら》を括ったのであろう。

勝之助もそれなりの苦労をしてきたが、女一人でここまで生きてきたお浪の、人としての凄《すご》みが彼を圧倒していた。

別れた亭主が、本当にこの先改心するのかが心配であったが、そこに自分の出る幕はない。

少しずつ大磯の地で、人に知られるようになってきたお浪である。極道者の亭主から逃げてきた時とは違うのだ。

「わかった。色々と世話になった。そうやな、いつかまた会うた時は、井出の旦那と声をかけておくれ」

勝之助は、お浪が迷ってはならぬと、未練を断ち切って、再び廻国修行の旅に出たのであった。

(四)

別れた時の言葉通り、お浪は勝之助の姿を認めるや、

「井出の旦那……」

と、声をかけた。

それは、再び会えたという喜びに、深い味わいを醸《かも》した。

こんな時、男はどうもそわそわとして、落ち着きをなくしてしまう。

お竜はさっさと行ってしまったが、いてくれた方が気が楽であった。

楓川の岸辺を走り廻っている子供を見ると、大磯で別れてからすぐに、お浪は別れた亭主と縒《よ》りを戻したのに違いない。

そして、あの折、お浪が言っていたように、極道亭主は改心して、夫婦として真っとうに暮らしたのであろう。

そう考えると、勝之助は今の自分がいささか恥ずかしい。

お浪は、勝之助をこのまま引き留めていたら、剣術修行を続ける障りになると、思い切ったのだ。

それなのに六年経ってみれば、勝之助は呉服店に寄宿して、手習い師匠と用心棒を兼ねた暮らしを送っている。

本来ならば合わす顔もないが、六年の歳月が彼を、

「まず、剣の道からは逸《そ》れてしもたが、これでもなかなか人の役に立っている」

と、開き直れる〝厚かましさ〟が身に付いた洒脱な男に変えていた。

おまけに、悪人だけとはいえ、人を殺して地獄へ案内するという、裏稼業に手

を染めているのだ。

あの時の純情な若武者は、もはや別人になってしまったといえよう。

「おれが、江戸の呉服店にいることが、ようわかったなあ」

「ええ、ご近所の人が教えてくれましてねえ」

「ほう、近所の人がのう」

かつて勝之助が大磯にいた頃を知る者が、江戸へ所用あって旅に出たところ、井出勝之助に似た人を、新両替町《しんりょうがえちょう》二丁目辺りで見かけたと、帰ってきてから、お浪に教えてくれた。

「それならば……」

と、お浪はいつも休み処に立ち寄ってくれる行商の客に、江戸に行ったら、井出勝之助という上方下りの浪人がいないか訊ねてくれないかと頼んだところ、

「正《まさ》しく江戸に井出の旦那がおいでだとわかって、懐かしさのあまり、どうしてもお会いしたくなって、やって来たのでございます」

お浪は静かに言った。

「そうか、街道筋の町にいると、人の往来が盛んやさかい。そういうところがありがたいなあ」

「街道筋だから、一度くらい、大磯にお立ち寄りになるんじゃあないかと思っていました」

「何度も寄ってみようかと思たよ。そやけど、何やしらん気が進まへんかった」

「そうですよね……」

お浪はくだらぬことを口にしたと、目を伏せた。

別れた亭主と縒りを戻すので、出て行ってくれと言ったのはお浪であった。

勝之助にしてみれば、男と暮らしているかもしれないお浪を見るのは、忍びなかろう。

一度も訪ねてこなかったのが、勝之助の自分への想いの大きさを表していると いうべきなのだ。

「お前に、おれがこの辺りで暮らしていると報《しら》せた者が、何と言うてたかはわからぬが、気の好い呉服店の主人の許に身を寄せて、気儘《きまま》な暮らしを送っているよ。剣術修行の方はすっかりと疎《おろそ》かになってしもうたがな」

恥ずかしそうに語る勝之助を見て、お浪は何度も首を横に振った。

「お達者そうで何よりでございました」

「ありがたいことに、あれからは滅多に熱が出んようになったわ」

「熱を出すなら、大磯の化粧坂で……」

「ああ、それがええなあ」

勝之助は、ふっと笑って、

「ところで、江戸には亭主も一緒に来ているのやろ」

と、問うた。

「いえ、あたしとあの子、二人だけで来ました……」

「二人だけで？　あれからすぐに、酒癖の悪い亭主と縒りを戻したのではなかったのか？」

問われてお浪は、しばし沈黙した。

「まさか……」

勝之助は、はっと思い入れをした。

あの話は、お浪が勝之助を再び廻国修行に行かせるための方便であったのか――。

やがてお浪は、ゆったりと頷いて、

「別れた亭主が、あたしを捜しているなんて……。嘘でございました」

「嘘……」

「堪忍してください」

「お前が嘘をついた気持ちはようわかる。何も謝まることはない。そしたら、おれと別れた後、誰かと一緒に……」

勝之助は、そうであったとしたらそれもまたやるせなく、お浪から目をそらした。

「いいえ……。あたしは誰とも一緒になってはおりません」

お浪は川面《かわも》を見つめて言った。

「そしたらあの子は……」

勝之助は、岸辺で無邪気に遊ぶ子供に目をやった。

「あの子は、勝太郎《かったろう》と申します」

「勝太郎……」

勝之助の疑念は、やがてひとつの確信へと変わっていった。

「もしや……」

「はい。あなたさまの子でございます……」

「なんと……」

衝撃に息を飲む勝之助に、お浪は申し訳なさそうに頭を下げた。

(五)

それから二日が過ぎた。

呉服店〝鶴屋〟の裏手にある、文左衛門の隠宅に、昼からお竜は呼び出された。

文左衛門は、紀伊國屋《きのくにや》文左衛門の末裔にして、〝地獄への案内人〟の元締である。

その隠された資産を費やし、案内人であるお竜と井出勝之助に、新たな悪人退治の依頼があるのかと、お竜はやや緊張の面持ちで訪ねたものだ。

奉公人の安三《やすぞう》に案内されて、奥の一間に入ると、既に勝之助は来ていて、文左衛門と対面していた。

しかし、一座にはまったく物々しい殺気は漂っていなかった。

「お竜さん、忙しいところをすみませんねえ」

迎える文左衛門の表情も穏やかで、少し悪戯《いたずら》っぽい笑みを浮かべている。

どうやら、殺しの話ではないようだ。

「仕立屋、まあ色々とあってな。あんたにも話を聞いてもらいたいと思たのや」

勝之助は決まり悪そうな表情をしてお竜を見た。

お竜の頭に、先日勝之助に声をかけてきたお浪という女の姿が浮かんだ。

「はあ、色々とありましたか……」

お竜も表情を和らげて、勝之助と並んで座り文左衛門にまず頭を下げた。

「お竜さん、話を聞けば、これがなかなか大変でしてね」

文左衛門は相好《そうごう》を崩した。

「先だって会った、お浪さんがどうかしましたか?」

お竜はニヤリと笑った。

「そうやがな……。そのお浪のことや……」

勝之助は泣いているような、笑っているような、そわそわとした様子で、お浪と勝太郎について、

「まず話を聞いて……」

と、語り始めた。

お竜は一通り話を聞くと、

「それで、先生は勝太郎という子供が、自分の息子だと認めたんですか?」

と、気になるところを次々に訊ねた。

「認めるも何も、日を数えたら勝太郎の歳に合うているし、お浪がそういうのやさかいに、そうなんやろう」

「お浪さんとは一月くらいの付合いだったんでしょう」

「一緒にいた月日など、どうでもええことや、たとえ一刻だけの付合いでも、深い情で結ばれた相手は信じんとなあ」

「はあ、そいつはお見それいたしました」

「仕立屋は、お浪を疑うのか」

「手放しに認めてよかったのか……。それがちょっと気になるから、あたしとご隠居に話を聞いてもらいたかったのでは？」

「まあ、そういうことやな……」

「ご隠居は何と？」

「信じてあげなさい。だが、お竜さんにも訊いた方がよいでしょう、と」

文左衛門は低い声で応えた。

「なるほど……」

お竜はひとつ頷いて、

「お浪さんは、井出先生を大磯に引き留めることが、先生の出世の妨げになるんじゃあないかと思って、嘘までついて別れたわけでしょう」

「そうやがな。泣かせる話やろ」

「そんならどうして今になって、先生に会いにきたんですよう。あたしだったら、子供に先生の面影を見ながら、先生の出世を祈って暮らしますねえ」

「へえ、仕立屋、お前はそんな殊勝な女なんか？」

「見かけによらずね」

「それはやなあ。おれと別れてから身ごもっていることに気付いたからやがな」

「子まで生《な》したとなれば、別れたままでいられなくなったと？」

「迷うたと思うで。これを伝えようか、伝えまいかと」

「それで、身ごもったと気付いてから六年たって会いにきた……」

「子供が小さい間は、なかなか旅にも出られまい」

「自分で歩けるようになるまで待った……」

「ああ、そうしたら、井出勝之助の噂を、風の便りに聞いた」

「かくなる上は、先生に会いに行きたい……」

「居処がわかったのや。そら行ってみたいと思うがな」

「行けばきっと会えるわけですからね」

「そういうことや。たとえばおれが、どこぞで道場を構えていて、偉い剣術師範になっているのなら気も引けるであろうが、今のおれは町場に馴染《なじ》んでいる井出の旦那や。気兼ねもいらぬ」

「それで、お浪さんはどうしたいんです？」

「どうしたいとは？」

「親子三人で暮らしたいと言っているのですか？」

「そんなことは言わん」

「これがお前さんの子供です。会って父子の名乗りをしてあげてください、ということですか」

「そんなことも言わなんだ……」

お浪は勝之助に、勝太郎はあなたの子供であると告げたが、そのことを勝太郎には知らせていないのだと言った。

それゆえ、今は勝太郎にこの話はしてくれるなというのが、お浪の望みなのだ。

それでも、勝太郎に勝之助を会わせておいてやりたい。

「いつか時がきたら、あの井出勝之助というお人が、お前の父親だったのですよ、と告げるつもりやというのやな」

「なるほどねえ……」

話を聞くうちに、お竜はどうでもよくなってきた。

勝之助が、どこまでもお浪を信じるというなら、好きにすればよいではないか。

だが、自分の方から別れを切り出した女が、六年ぶりに会いにきて、

「あなたの子です」

と、子供を見せられても、今さら何だというところであろう。

とはいえ、〝思うようにすればよいでしょう〟などというのもつれないので、

「それで、お浪さんと坊やは今、どうしているのです？」

ひとまず現状を問うと、

「まず御隠居に相談をしたら、この近くに空き家になっている小さな借家があるということで、今はそこに住まわせている。ほんまに御隠居のお蔭で助かりました」

「まあ、他ならぬ井出先生のご子息ですからね。お世話をさせてもらうのは当り前でございますよ」

「忝《かたじけな》し」

しばらく江戸に逗留するらしい。

「まさか、大磯の休み処は……」

「引き払うてきたらしいのや」

お竜は目を丸くして、

「そんなら、先生の許に押しかけてきたってことじゃありませんか」

「押しかけてきたわけやない。大磯を出て、いつか江戸に住みたい。そこで勝太郎を育てて世に出したいと、前から思ていたそうな」

「落ち着く先も決めずに？」

「そこはまず江戸へ出て、おれを頼ろうと思たのや。落ち着いたら自分で住まいを見つけて、新たな暮らしを始めると言うている」

「ご隠居が用意してくださった借家を出て、余所に行くと？　勝さん、そんなことをさせるんですか？」

お竜は思わず、〝勝さん〟と呼んで、少し詰《なじ》るように問うた。

かつて馴染んだ女が、子供を連れてやってきて、目と鼻の先に住んでいるのだ。

落ち着いたからどこかへ越すと言っても、女にやさしい勝之助が、

「達者でな……」

と、送り出すはずがないではないか。

幼い勝太郎も、薄々は、勝之助が自分の父親ではないかと気付いているかもしれないのだ。

「そら、まあ、引き留めるわなあ」

「でしょう」

お竜は溜息をついて、

「いっそのこと、勝さんがそこへ出向いて、さっさと父子の名乗りをあげて、一緒になったらどうなんです」

「いや、それはできぬ」

「久しぶりにお浪さんに会って、また想いが湧いてきたのでしょう」

「お浪を忘れたことはなかったが、そういうわけにはいかぬ。おれは〝地獄への案内人〟やさかい、女房子供を持ってはならぬのや」

「この際、きっぱり足を洗ったらどうなんです?」

「おれが足を洗ったら、仕立屋が困るやろ」

「あたしのことは好いですよう。また頼りになる相棒を、ご隠居に見つけてもらいますから」

「そんな情けないことを言うなよ」

「それが勝さんのためだと思いますけどねえ」

「いや、御隠居の下で悪い奴らを地獄へと案内する。それが井出勝之助の天命やと思うている」

「どうあっても案内人は続けて、母子を見守ると？」

「いかにも……」

勝之助は威儀を正してみせた。

お竜は、文左衛門と顔を見合せて、

「まず、お励みなさいまし」

もはや何も言うことはないと、軽く頭を下げた。

「あたしにできることがあれば、何なりとさせていただきましょう」

「ありがたい。そしたらお竜殿、まず頼みたいことがござる」

「あるのですか……？」

お浪と出会った時は、多少興がそそられたが、まさかこんな展開になるとは思いもよらず、お竜はちらちらと文左衛門の反応を窺っていた。

㈥

仲間というものはありがたいと、孤独な日々を生きてきたお竜は、井出勝之助に対して思っていた。

――だが、仲間も人によりけりだね。

と、お竜は考え直していた。

井出勝之助が、お浪について、

「お竜殿、まず頼みたいことがござる」

と威儀を改めたのは、お浪に〝仕立屋指南〟をしてもらいたいとの願いからであった。

〝鶴屋〟近くの借家に住まわせたのはよいが、母子が暮らしていくためには、生業《なりわい》が必要であった。

お竜の目からは、お浪が何ゆえ江戸にきたのか、どういう狙いがあったのかは、勝之助から聞いた話だけではよくわからなかった。

しかし、お浪は勝之助の親切を素直に受けてはいるが、

「あたしが子供を立派に育ててみせます」

という意志は強く、あくまでも勝之助には勝太郎の父親であることは内緒にしておいてもらいたいと言っているらしい。

〝鶴屋〟で用心棒を務めつつ、奉公人達に読み書きなども教えている勝之助である。

すぐ近くの借家に、己が子供と以前にわけありであったその母親が住んでいると、店の者達に知られてはいけないと、お浪は強く思っているのだ。

「おれは、誰に知られても構わぬ」

と、勝之助は思っているが、子と認めれば、裏稼業はやめねばならない。

この先、そっと見守るつもりではいるものの、お浪の決意をまず大事にしてやろうと、勝之助は彼女に、

「仕立屋を生業にしたらどうや」

と勧めた。

大磯にいた頃は、休み処を巧みに切り盛りしていたお浪であったが、江戸へ出ていきなり店を開くことも出来まい。

裏稼業で金を稼いだ時は、そっとお浪にその金を与えてやるつもりでいるが、

今しばらくはそれも受け付けまい。

一緒にいた頃、勝之助はお浪が器用に縫い物をしている姿を見ていた。

それで、文左衛門を通じて、〝鶴屋〟の主・孫兵衛に口を利いてもらい、

「お浪に仕立の仕事を回してやってもらえぬかな」

と、頼んだのだ。

その際、孫兵衛だけには事情を伝えたのであるが、

「仕事はありますが、まずはお竜さんの指南を受けてもらった方がよさそうですね」

孫兵衛は、勝之助の子供が俄《にわか》に現れたという話には半信半疑であっだが、文左衛門を通じて頼まれると嫌とは言えず、そう応えた。

「心得ました。仕立屋のお竜殿には、わたしからお願いしましょう」

勝之助は大喜びして、さっそくお竜に仕立屋指南を頼んだというわけだ。

――どうしてあたしが、勝さんの昔の女に指南をしなけりゃあならないんだよう。ましてや、これから商売仇になろうっていう相手じゃないか。

とどのつまり勝之助は、これを頼むために、文左衛門の隠宅に自分を呼び出し、お浪との馴初《なれそ》めを長々と語り聞かせたのである。

だが、そこは孫兵衛と同じで、文左衛門の前で頼まれると嫌とは言えない。

どこか憎めない勝之助の術中にはまってしまうのであった。

とはいえ、文左衛門はお竜に、

「先生は舞い上がっていて、よく物ごとが呑み込めないでいるようですが、お浪さんが先生に会いにきたのには、もっと深い理由《わけ》があるように思えますねえ」

と、囁いた。

その想いはお竜も同じである。

「先生には言えぬことも、お竜さんには話すかもしれませんから、ここはひとつ〝仕立屋指南〟をしておあげなさい」

文左衛門は、お竜を絡めておけば安心だと考えている。

それならば是非もない――。

お竜も渋々ながら引き受けたのだ。

しばらくは、縫い易い着物の仕立物を、お竜が指図してお浪が縫っていく。

そして仕上がりを、お竜が確かめるという段取りとなった。

仕立物は、お竜とお浪が半々の手間賃をもらい、お竜には〝鶴屋〟から別途、指南料が出る。

お浪は弟子であるから、

「お竜さんの家にわたしがお伺いします」

と、言ったが、その間の勝太郎の世話を思うと、お竜が出向いてやる方がよい。

「お浪さんの住まいの方が、あたしの家より広そうですから、あたしが通いますよ」

と、出稽古の形をとった。

「ほんとうに申し訳ございません……」

お浪は恐縮したが、母子が馴れぬ地で身を寄せ合って暮らす姿を見ると、お竜の気持ちも一気に和んだ。

秋に、母の面影を求めてお竜に懐いた子供の世話をして以来、お竜には母性が目覚めていた。

――油断ならない女かもしれない。

と、お浪に初めは探るような目を向けていたが、会って言葉をかわすと、お浪の目の奥に邪《よこしま》な気配はまったく感じられなかった。

そして自分と同じ色をお浪が持っているのが窺い見られて、親しみさえ覚えたのだ。

お浪は酒癖の悪い極道者の亭主に、大変な目に遭わされ、大磯へ逃げてきたと、勝之助からは聞かされていた。

それは、かつてとんでもない人殺しの亭主に翻弄されたお竜の姿とも重なった。

お浪も、お竜は自分と同じ辛い想いをして、今に至ると勝之助から聞かされて、お竜に畏敬の念を抱いていた。

二人はすぐに打ち解けて、お浪は着物の仕立の工夫の他に、江戸の様子をあれこれ問うてきた。

そうして、勝太郎が昼寝をしている時や、奥の一間で独楽《こま》を回して遊びに興じている隙《すき》を衝いて、

「お竜さんはさぞやわたしを、おかしな女だとお思いでしょうね」

などと、お竜の疑念を察して、哀しそうな顔をした。

「できることなら井出の旦那の手を煩《わずら》わせたくなかったのですが、しばらくは強い旦那の許にいさせてもらいたくて……」

ふと漏らした言葉で、お竜はやはりお浪が勝之助を訪ねてきたのには、止むに止まれぬ深い事情があるのであろうと察した。

勝之助からは、お浪が勝太郎を自分に会わせたのは、いつか勝太郎が大きくな

った時に、

「江戸へ出てきてすぐに会ったお武家さまがいたでしょう。あの人がお前の父親だったのですよ」

と打ち明けるためであったと聞いていた。

だがそうではなさそうだ、もっと大きな理由がある。

会って話せばお浪がそういう考え方をする女ではないのが、お竜にはわかる。

息子に父親を一目見せてやりたいと思う前に、会わずにそっと、惚れた男の幸せを祈りつつ暮らす、そのように考える女だと思われるのだ。

「……強い旦那の許にいさせてもらいたくて……」

二、三日、お浪の許へ仕立屋指南に通う間、お浪は何度かその言葉を口にした。

そう言う時のお浪は、申し訳なさそうな表情になる。

——どうやら、その辺りに何かが隠されているのではなかろうか。

お竜が考えを巡らせている間。

井出勝之助はというと、

「お竜殿、苦労をかけるな。お浪、調子はどうや」

と、一日一度はお浪の住処《すみか》を訪ねてきた。

母子だけでいるところに訪ねるのは気が引けるが、お竜がいれば顔を出し易いのであろう。

「甘い物を買《こ》うてきた」

などと差し入れを持っては、お竜に詫びるのを口実にやってくるのであった。

お浪は勝之助の顔を見ると、ぱっと顔が華やぐ。

未だに彼女は、勝之助を慕っている。

お竜の目から見れば、それは明らかだ。

勝之助の邪魔にならぬように、世話になりながらもひっそりと借家に暮らすお浪であるが、勝之助が夜、人目を忍んで自分に逢いにきてくれることを、心の奥底で願っている。

勝之助とて、お浪の想いはわかるし、お浪への恋情は、この六年間ずっと心と体に潜んでいた。

一度は大磯で夫婦になって暮らそうと考えた相手である。

別れた旦那と縒りを戻すと思えば辛くて、すぐに忘れてしまおうと、それからも何人かの女と好い仲になった。

その一人一人を真剣に好きになった。やがて別れゆくことになったとはいえ、惚れた気持ちに偽りはなかった。

それでも、勝之助にとってお浪は忘れえぬ女であった。

そのまま思い出のひとつになっていくと思っていたのに、あれからお浪は独り身のままでいて、自分の子を産んでいたとは――。

大磯の地で、父親の知れぬ子を産んで育てるのは大変であっただろう。

休み処の近隣の住人達は、勝太郎はきっと井出勝之助という旅の剣術修行の者の子供だと思ったに違いない。

勝之助は彼らに慕われていたし、お浪が勝之助の邪魔にならぬようにと考え、そっと勝太郎を育てようとしたその姿に心を打たれ、何も言わずに見守ったのであろう。

そこまでして住み続けた大磯を出て、江戸へきたのには、お浪なりの考えがあったはずだ。

これからは自分が、この母子を見守る番であると、勝之助は思い決めた。

何もかも捨てて、お浪と夫婦になり、勝太郎を育てればどうかと、迷いに迷った。

だが、それは勝太郎のためになるまい。

以前、お竜に向かってからかい半分に、彼女を慕う子供の母になって暮らせばどうだと勧めたことがあったが、

「大きな声じゃあ言えませんがねえ。あたしは人殺しなんですよ」

と、あっさりかわされた。

今正に、勝之助の気持ちがそれだ。

みなまで言わずとも、お竜には勝之助の想いがわかる。

勝之助は、お竜がしばらく傍にいてくれたら安心だとわかりつつも、我が子の様子を見たくて堪らないのだ。

お浪は、どんな時でも勝太郎を傍に置いて離さないが、勝之助が、

「坊や、おじさんと遊ぼう」

と、勝太郎を連れ出すのは、嬉しそうに見ていた。

外が恋しい腕白な男児は、無邪気に喜んで勝之助にまとわりつく。

「お前の父親は剣術修行の旅に出ている……」

勝太郎はそう言われて育った。

自分の名は、この小父《おじ》さんの一字を取って付けられていることなど、まだ勝太郎には知る由《よし》もない。

勝之助と息子との触れ合いを眺める時の、お浪の表情には何ともいえぬ切ない翳りが浮かんでいる。

お浪の許へ通って五日目のこと。

お竜は、この日も勝太郎の様子を見にきた勝之助と共に借家を出て、〝八百蔵《やおぞう》長屋〟へ帰る道すがら、

「勝さん、ほんとうにあの子が自分の子と思っているんですか」

と、訊ねてみた。

「いや、それはやな……」

「ほんとうのところはどうなんです？」

「おれが産んだわけやないさかいな。ほんとうのところはわからぬわい。そやけど、信じてやりたいのや」

勝之助の口調は、文左衛門の隠宅でのものと比べると明らかに勢いがなかった。

「なるほど、勝さんがそう思っているなら何も言いませんが、お浪さんはあの子を守るために江戸に逃れてきたような気がするのですよ」

「それはおれも同じ想いや」

勝之助は真顔で頷いた。

自分を頼って江戸へ子供を連れて出てきたお浪に応えてやりたい。

その想いを胸に、勝太郎を己が子供と信じて慈しんできたが、

「おれが浮かれる前に、そこをはっきりせんとあかんなあ」

「あたしもそう思います」

「そろそろお浪も、仕立屋に肚を割って話すやろ。すまぬが、聞き出してくれぬか」

勝之助は頭を下げた。

「承知しましたよ。やっぱり勝さんはやさしい男ですねえ」

お竜はふっと笑って、勝之助と別れた。

考えてみれば勝之助は、かつて通った大坂の道場の師範の姪が、今は後家となって生さぬ仲の息子と暮らしているのを、今も時折様子を見て、そっと手を差し伸べていた。

また新たな母子に世話を焼くとは、どこまで彼は女にやさしいのだろう。

お竜は、この先何か大きな波乱が待ち受けているような気がして、振り返ると去り行く勝之助の後ろ姿を見た。

「ふふふ、ひとつも浮かれちゃあいない」

ゆったりとした足取りであるが、勝之助の身のこなしには、寸分の隙もない。

(七)

井出勝之助と、そんな相談をした翌日。

お竜がお浪を訪ねると、すぐに勝之助がやってきて、

「勝太郎、ちょっとばかり外へ出るか！」

と、一刻ばかり連れ出した。

お浪は昨日よりも尚、勝之助の嬉しそうな顔を見ると切ない表情となった。

「井出先生は、好い人ですねえ……」

お竜はつくづくとお浪に言った。

お竜が、勝之助とお浪の事情を知っていることを、勝之助は既にお浪に伝えていた。

「お竜殿は余計なことは何も言わぬ、頼りになる人や。困ったことがあったら話を聞いてもらえばよい」

勝之助は、その際お竜の人となりについても告げていた。

お浪は、お竜が言われた通りの人であったと感じ入ったが、事情を知っていて、尚も何も触れてこないお竜に対して、自分も黙っているべきだと、仕立物のこと以外は語らぬようにしてきた。

それでも、お竜は時折、

「坊や、退屈だろうけど、辛抱しておくれよ」

などと、やさしい言葉をかけてくれたり、菓子を与えてくれたりした。

口数は少ないが、井出勝之助が〝鶴屋〟の奉公人達から慕われていることや、飄々として捉えどころのないおもしろみが彼の身上であると、仕事の合間に話してくれて、お浪はすぐにお竜を頼りに思うようになっていた。

そのお竜が、勝之助を称えた上で、

「坊やはかわいい子だから、先生も構いたくなるのでしょう」

と、初めて二人の事情に触れることを言った。

お浪の針を持つ手が止まった。

「お浪さん。あなたは坊やの身を守るために、江戸へ出て井出先生を訪ねたのではありませんか？」

お竜がさらに問うた。

お浪は大きな息をつくと俯《うつむ》いた。

「井出勝之助というお人は、あの子が自分の子であろうがなかろうが、お浪さんと二人、何かの折は命をかけて守り抜く。そういうお人ですよ。それはあなたが誰よりもわかっているはずです」

お竜は、ここぞと言葉に力を込めた。

しばしの沈黙の後、

「そうですね……。わたしの浅智恵でした。お竜さんにも気を遣わせてしまって、申し訳ございませんでした……」

お浪はすべて見透かされていると察し、目に涙を浮かべて、お竜に深々と頭を下げた。

「ひとまずあたしに話して、楽になりなさい……」

悪党達を有無を言わさず屠《ほふ》ってきたお竜の言葉には、日に日に凄みが増している。

「何としてでも勝太郎を守ってやりたい、その一心でございました……」

気圧《けお》されたお浪から、遂に真実が語られたのである。

「誰にも話せなかった秘めごとが、わたしにはありました。話せば色んな人に迷惑がかかるかもしれないと思ったからです。お竜さん、そっくり話しますが、すぐに忘れてくださいい……」

お浪が、酒癖の悪い極道者の亭主から逃げて、大磯へやってきたのは本当の話である。

貧農の家に生まれ、小田原の料理屋へ女中奉公に上がっている折に、その亭主には見初められたのだが、一緒になってからというもの、男の機嫌によってお浪は日々大変な目に遭わされた。

お浪は男から逃げ、街道を東へ下った。

しかし、大磯の化粧坂で追ってきた亭主に捕まった。

雨の夜のことであった。

殺されそうになったお浪を助けてくれたのが、藤兵衛《とうべえ》という初老の男であった。

藤兵衛は、大磯で窯を開かんとして、休み処を買い取った陶工であったが、実は凶悪な盗賊一味の頭目で、この地に盗人宿を拵《こしら》えていたのだ。

藤兵衛は、争う男女の姿を認め、夜陰にまぎれて、お浪の亭主を殺害し、乾分《こぶん》に骸《むくろ》を始末させた。

女を守ってやるという正義感や義俠心からではない。夜目にもお浪が自分好みの女だと気付いたからである。

お浪は休み処の離れ家に監禁され、藤兵衛の慰み者となった。

「お前も亭主殺しの同罪だ」

と脅され、がんじ搦《がら》めにされたのだ。

お浪は弄《もてあそ》ばれた末に殺されるのではないかと戦《おのの》いたが、ほどなくして藤兵衛は、次の盗みの大仕事の用意が整ったと、上方へ去った。

その際、行き倒れの女に休み処を任せ、窯場を移転するという表の顔を取り繕ったのである。近隣の住人達もそれを疑わなかった。

「お前にはなかなか楽しませてもらったぜ。まあ、お前の鬼のような亭主を始末してやったんだからありがたく思いな。休み処はくれてやるからよう」

藤兵衛はそう言って消えてしまったのだ。

お浪は、すぐに休み処から逃げ出してしまいたかったが、藤兵衛が同じ隠れ家には二度と戻ってこないのを信条にしていると窺い知り、この休み処で新たな人生を歩もうと思い直し、懸命に働いて切り盛りし始めた。

すると、それからすぐに休み処に一人の若い武家が現れ、風邪をこじらせ動けなくなった。

それが井出勝之助であった。

追ってきた亭主が、以前の休み処の持ち主である陶工に殺され、その陶工が実は盗賊でその慰み者になった末に、ここを与えられた――。

その事実だけは伏せて、お浪は勝之助を助け、そして悪夢から逃れ恋に落ちた。

しかし、お浪はどうしても勝之助とは一緒になれぬ運命だと悟り、勝之助を思い切った。

亭主は既に殺されて、土の下に眠っていたが、それを生きていることにして、今では改心して自分を捜していると嘘をついたのだ。

亭主殺しの片棒を担いだと脅されている自分のような女とこのまま一緒にいてはいけないと勝之助の身を案じたのだが、もっと大きな難儀が彼女の身に降りかかっていたのである。

「それは……」

お浪は、その件《くだり》になって思わず口を噤《つぐ》んだ。

お竜はやさしく頷きかけると、

「藤兵衛の子を宿していることに気付いたのですね」

静かに言った。

お浪は涙ながらに首を縦に振った。

藤兵衛に犯された心の痛みは、勝之助という強くやさしい好漢に恋することで、癒されたというのに、あの悪人の影はどこまでも彼女の身にまとわりついたのだ。

未来のある勝之助に、あんな男の子を育てさせるわけにはいかないが、子に罪はないのだ。

どうせこの先一人で生きていくのなら、腹に宿った子供を立派に育ててやろう。

彼女はそう心に誓って、勝之助と別れ子供を産んだ。

名は勝之助の一字をとって、勝太郎とした。

子の父親について、お浪は口を閉ざしたが、世間の者達は、勝之助の子なのだろうと思った。

お浪は自分自身に、

――あの人の子だ。

と、言い聞かせたものだ。

勝太郎はすくすくと育った。

お浪にとって勝太郎は生きるよすがとなった。

「ところが、ある日、休み処に藤兵衛の乾分が立ち寄ったのです」

同じ地に逗留することはない。それが盗人としての信条だと藤兵衛は話していたが、上方での仕事もすませ、江戸で次なる盗みを企んだ彼は、乾分達を用意のために江戸へ送り込んでいたのだ。

その乾分は藤兵衛から、

「そういえば、あのお浪は今でもあの休み処にいるのか、ついでに立ち寄って見てきてくんな」

との指図を受けて立ち寄ったらしい。

一人の女に情を注ぐのは、思わぬ綻《ほころ》びを生むきっかけにもなる。

女に不自由のない藤兵衛は、決まった情婦《いろ》を作らなかったのだが、久しぶりに大磯に立ち寄り、お浪を抱きたくなった。

藤兵衛にとっても、お浪は忘れえぬ女であったのだ。

乾分はその物見としての役割を果したのだが、彼の目から見ても、お浪はしっとりとした色香を増し、落ち着いた分だけ美しくなっていた。

そして、お浪に子供がいるのを見て驚いた。

勝太郎の顔に、藤兵衛の面影が窺えたからだ。

乾分は、陶工の弟子を装い、お浪に懐かしそうに声をかけると、

「お浪、でかしたな。お頭は男の子を欲しがっていなさったんだ。それがここにいたとはなあ……」

ここで待っていれば、藤兵衛の迎えがくる。そうすれば、休み処であくせく働かずとも、母子には贅沢《ぜいたく》な暮らしが待っている。

乾分はそのように言い置いて去っていった。

お浪は愕然《がくぜん》とした。

藤兵衛が自分の跡取りを欲しがっていて、皮肉なことに勝太郎が、ただ一人の子供であるとは——。

お浪は乾分に、

「それは楽しみでございますよ」

と、その場を取り繕ったが、

——勝太郎をあんな悪党に渡してなるものか。

すぐに大磯を出て、藤兵衛から身を隠そうと思った。

ちょうどその時、井出勝之助が江戸にいて、呉服店に寄宿していると聞いていた。

訪ねてはいけないと思いつつ、これも何かの縁だと受け止め縋《すが》らんとしたのである。

「あたしはそれで、あの子を連れて江戸へ向かったのでございます」

「大磯は江戸から……」

「八番目の宿場です」

「近いとはいえ、子供を連れての旅は大変だったでしょうねえ」

「はい、女が一人、幼い子供連れだと思われては用心が悪いと思いまして、ここで剣術修行中の旦那と落ち合うことになっていると嘘をついたり、神奈川の宿では二人組の浪人に絡まれましたが、何とか酒で酔い潰れるように仕向けて、ここまで逃れてきました」

「酒で……？　お浪さん、うわばみなんですか？」

「お酒の強さだけが取り柄でしてね。ふッ、そんなもの何の自慢にもなりませんが……」

「いや、弱い女にとっては、それもひとつの武器ですよ」

女二人は、ふっと笑い合った。

お竜は、彼女自身が酷《ひど》い亭主との悪縁に苦しみ、死にかけた過去を背負っている。

お浪の話はどれも身につまされる。既にお竜は勝之助以上に、この母子を守ってやろうという義憤にかられていた。

それにはまず、お浪の心を解きほぐしてやることだ。

「それで、まず井出先生を訪ねて、助けを乞うつもりが、そんな危ない目に遭《あ》ううちに、子供のことが不安になってきたのですね」

「はい。ますます不安に……。それでつい、井出の旦那に〝あなたの子です〟と言ってしまいました」

「あなたの血が繋がった子だと言えば、先生が命がけで守ってくださると思ったからですね」

「はい……。我が子かわいさに、浅はかなことをしてしまいました」

お浪はうなだれてしまった。

「長い間会っていない男が、他の男との間に生まれた子に、どこまで親身になってくれるか……。そりゃあ不安になりますよ。でも何度も言うように、井出勝之助というお人は、酷い目に遭っている女子供のためなら、それが誰であっても命をかけて守ると、心に誓っておいでなのですよ。本当のことを言ったからって、どうってことはありません」

お竜はお浪を労《いたわ》ると、

「このことは、あたしからまず、うまいこと言っておきましょう。その後で、井出先生と二人で会って、詫びておくのが何よりでしょうよ。さあ、今は針仕事に戻りますよ」

再び仕立屋指南を続けた。

お浪は感じ入ると、一針一針縫い始めた。

その一針が、これから先の母と子の幸せに繋がるのだ。

たちまちお浪の表情が引き締まり、何かを決心した時に女が放つ強い輝きが、今彼女を包んでいる。

女二人はしばし黙々と、針を持つ手を動かし続けたが、すぐにその静寂を、無邪気な大人と子供が打ち破った。

勝之助と勝太郎が帰ってきたのだ。

勝之助は、〝我が子〟と男同士の遊びをして、大いに満足したらしい。

二人共、着物の袖や裾を土砂で汚しているのを見ると、鉄砲洲辺りの浜で走り回ってきたのに違いない。

「今、帰った！　ははは、この子は大したもんやで、足も速いし、木登りも上手や。この身の軽さやったら、石川五右衛門をしのぐ、大泥棒になれるで、ははははは……！」

勝之助らしい冗談だが、勝太郎が盗賊の子供であるとも知らず、石川五右衛門を引き合いに出すとは、どこまでもとぼけた男ではないか。

お浪の顔は青ざめたが、お竜は笑ってその場を取り繕った。

いや、取り繕う以前におかしみが込みあげてきたのである。

「ははは……、先生、何を言っているんですよう。これから世に出ていこうという男の子に、石川五右衛門はないでしょうよ」

「ああ、そうやな。石川五右衛門はおかしいな。それを言うなら、牛若丸やった。お浪、勝太郎、堪忍してや……」

勝之助も大笑いして応えた。

勝太郎は、何のことだかわからず、きょとんとした顔をしていたが、どうやら自分は誉められているようだと気付いて、大人達につられて笑い出した。

お浪は泣きそうな顔に、無理矢理笑顔を浮かべて、勝太郎の傍へと寄って、着物の汚れを払ってやるのであった。

お竜は笑いつつ、勝之助に、真っ直ぐな目を向けて、大きく頷いてみせた。

(八)

「ふふふ、そうか、そんなことやろうとは思うていたが……」

お竜の目を見て、お浪があれこれ真実を打ち明けたと察した勝之助は、借家を出ると、先ほどまで勝太郎と遊んでいた海辺に向かって歩き出した。

どうせ辛い話なのであろう。

そんな話を聞く時は、外を歩きながら聞くに限ると勝之助は思っている。

お竜はまず、

「お浪さんの坊やは、勝さんの子供じゃあありませんよ」

言い辛いことからはっきりと告げた。

感情が高ぶると空を見上げるのが、勝之助の癖である。

冬晴れの空は、海へ近付くほど澄み渡り、青さを増しているように見えた。

お竜は、お浪が何故、勝太郎が勝之助の子供であると嘘をつかねばならなかったのかを努めて淡々と語り聞かせた。

「そんなことがあったとは……」

勝之助は何度も何度も空を見上げると嘆息した。

極道な亭主に殺されそうになり、助かったと思ったら盗人に手込めにされて、望まぬ子まで孕《はら》まされたとは酷《むご》過ぎる。

だが、望まぬ子でも自分の胎内で懸命に生きようとしている命を、お浪は見捨てはしなかった。

憎い男の子であっても、自分の血を分けた子でもある。

子を産み、勝太郎と名付け、勝之助の子なのだと自分に言い聞かせて育て、井出勝之助を慕い続けたお浪が不憫《ふびん》でならない。

弄ぶだけ弄んで捨て去った女が我が子を産んでいたと知り、盗賊の藤兵衛はお浪の宝物となっている勝太郎を奪い取ろうとしている。

それを知ったがゆえに、お浪は勝太郎を連れて江戸へ出て、

「あなたさまの子でございます……」

と、勝之助に嘘をついて縋ったのだ。

勝之助はお浪を疑わず、言われた通り、父と子の名乗りは控えて、勝太郎をかわいがった。

その様子を眺める時、お浪の表情には何ともいえぬ切ない翳りが浮かんでいた。惚れた男だけに、騙している自分が許せなかったのであろう。

やがてお竜と勝之助は海に出た。

佃島《つくだじま》の向こうに住吉社の祠《ほこら》が覗いている。

勝之助は、ぼんやりと社を眺めながら気を落ち着けて、

「仕立屋、お前もここに至るまでは、随分と大変やったのやろうなあ」

しみじみと言った。

「ええ、大変でしたよ。殺してやった亭主も随分と酷い男でしたからねえ」

「頭ではわかっていても、それがどれほどのものか、まったくわかっておらなんだ……」

一時情を交わし、一緒になろうかと思ったお浪の受難は、勝之助に身を切り裂くほどの衝撃を与えたようだ。

「お浪さんに比べたら、あたしはまだ諦めも付きますがね……。ほんの一時、亭主に心が惹かれたこともありましたから」

お竜は、勝之助と並んで海を見つめながら溜息交じりに言った。

手込めにされて、孕まされたわけではなかったのだ。

「そやけど仕立屋……。もしも、亭主の子を孕んでいたらどうした？」

「産んで一人で育てたでしょうねえ。一緒になったのはあたしのせいですから、子供に罪はありませんよ」

「それでも、亭主は殺したか」

「さあ、それはわかりませんねえ」

「子供にとっては父親やからな」

「いえ、だからこそこの世から消してしまいたいが、子供を育てながら人殺しはできませんよ……」

「やはりそう思うか」

「今の勝さんの気持ちがよくわかります」

「そう考えたら仕立屋、どんな辛い目に遭うたとしても、子供がいた方が、人らしい暮らしを送れたかもしれぬな」

「ふふふ、考えようによっちゃあ、そうかもしれませんねえ」

「おれの相棒になってくれたのは、ありがたいことやが」

勝之助の表情が、潮風に清められたかのように落ち着いてきた。

「お浪に、おれはまったく怒っていないと伝えてくれるか」

「承知しましたよ。勝さんはこれから？」

「文左衛門の御隠居を訪ねて一杯飲ませてもらうわ。あのお人と話したら、この先おれはどうしたらええのか、酔っ払うているうちに答が出てくるやろ」

「その答が出たら、お浪さんに、やさしい言葉をかけておあげなさいな」

「ああ、そうしよう。それにしても仕立屋……」

「何です？」

「ほんの一時だけやったが、己が血を分けた我が子がいると思うと、幸せな心地がしたよ……」

そう言って、勝之助は踵《きびす》を返すと、潮風に背中を押されながら歩き出した。

相変わらず後ろ姿に寸分の隙もないが、背中が放つ哀愁が、勝之助の男振りを上げていた。

――好い男だねえ。あたしの好みじゃあないが。

お竜は小さく笑うと、勝之助のあとに続いた。

二、海に祈る

(一)

お竜《りゅう》の仲立によって、かつてひと時情を通じた、お浪《なみ》の真実を知った井出《いで》勝之《かつの》助《すけ》は、その翌日にお浪と二人だけで酒を酌み交わした。

改めて旧交を温める意味もあったが、お浪と一緒になって大磯の地で暮らそうかと思った時、既にお浪は悲惨な目に遭っていて、今もその因縁にまとわりつかれている事実を前に、

「酒でも飲まんと、辛《つろ》うてお浪の顔を見られへんがな」

という気分であったのだ。

お浪が止《や》むに止まれず自分についた嘘については、責めるつもりもない。

「大変な目に遭うたのやな」

と慰め、労《いたわ》り、

「よくぞ井出勝之助を頼ってくれた」

と、力強い言葉をかけてやりたい。

どうすればよいか文左衛門《ぶんざえもん》に相談したところ、元締の息のかかった江戸橋の船宿〝ゆあさ〟で会うよう手配してくれたのだ。

話によると、お浪を弄《もてあそ》んだ盗人は、鎌鼬《かまいたち》の藤兵衛《とうべえ》という凶悪な男なのだが、そんな奴でも己《おの》が血を分けた子が欲しくなり、勝太郎《かつたろう》を迎え入れようとしている。

お浪は、藤兵衛などに我が子を渡してなるものかと、勝之助を頼って逃げてきたのであるが、藤兵衛は今頃、お浪と勝之助を血眼《ちまなこ》になって捜していると考えねばなるまい。

それゆえこの日、勝太郎はお竜が預かり、借家に文左衛門馴染《なじみ》の駕籠《かご》屋〝駕籠政《まさ》〟から呼んだ駕籠をつけ、これにお浪が乗って〝ゆあさ〟に向かった。

勝之助は、深編笠を被り、袖無し羽織に革袴という、どこぞの武芸者という出立《いでた》ちで、駕籠のあとを追う形で船宿へ入った。

船宿は微行《びこう》で使われることが多い。

ゆえに〝ゆあさ〟の女中達は、無駄口を利かず、何ごとについても動きが早く気が利いている。

女中達をとり仕切っているのは、おえんという三十絡みの女で、勝之助とは既に顔馴染になっていたが、船宿で会っても、

「これは先生……」

にこやかに迎え入れるが、決して馴れ馴れしくせず、淡々と己が仕事をこなすばかりだ。

――さすがは〝ゆあさ〟のおえんだ。

などと感心していると、気持ちが落ち着いた。

手配してくれた文左衛門が、どのような注文をつけたのかは知らぬが、まず飲んで喉を潤し、心と体をほぐすのが何よりだと、まだ日が高いというのに、次々と酒が運ばれてきた。

料理は、味わって食べていられないであろうと、衣被《きぬかつ》ぎに手長海老の串焼きなど、手でつまめる物が用意されていた。

部屋で、お浪と差し向かいになると、昨日会ったばかりだというのに、何やら別人と見合いをしているようで照れてくる。

お浪も何から話せばよいのかわからず、向かい合うと深々と頭を下げて、詫び

る想いを伝えると、まず勝之助に酒を注いだ。

勝之助は、頰笑みに労《ねぎら》いを込めて、ぐっと盃《さかずき》を干した。

すぐにお浪は注ぐ。立て続けに三杯注ぐと、

「返杯といこか……」

勝之助も立て続けに三杯注いだ。

いちいち一気に飲み干すお浪を見て、

「ははは、お浪はうわばみやったな」

と、既にほろ酔いの勝之助は、からからと笑った。

「お竜さんにも笑われましたよ」

お浪も笑った。

これで場が和《なご》んだ。

「どうか許してください……」

それからお浪は、改めて嘘をついていたことを詫びた。

お竜を間に立てて、互いの想いは伝わっているので、あれこれ投げ合う言葉はいらなかった。

「先の話をしようやないか」

勝之助はさらりと言った。

「先の話……？」

お浪は上目遣いに勝之助を見た。

勝之助はひとつ頷いて、

「そろそろ勝太郎が、父親のことを気にするはずや。何と言うのや？」

と、問うた。

「それは……」

お浪は口ごもった。

勝之助には、あなたさまの子ですと偽りを言った。その実、勝太郎は凶悪な盗人の子であったというのに――。

それでも勝太郎の心配を、話の初めに持ってくる勝之助のやさしさが胸を貫いた。

「あの子には、〝お前の父親は剣術修行の旅に出ている〟と、言うているのやろ」

「はい……」

「いつまで修行に行ってるねん」

「名高い先生で、なかなか帰ってこられないと」

「名高い先生？　何というお人や？」

「井口竹之助《いぐちたけのすけ》……」

「井出勝之助でええやないか」

「でも……」

「もう、おれの子にしておけばよいではないか。ただなあ、おれもあれから色々と事情があってな、表向きには父子でいられぬ。そこはまあ、うまく話をしてもらいたいのやが」

「とんでもないことです……。随分前に一月《ひとつき》ばかり一緒にいただけの女と、自分が産ませたわけでもない子供のために、そこまでしてはなりません。どうぞそんなことは考えないでください」

「お前が一人で立派に子を育ててみせるという覚悟を、心に決めていることはわかっている。そやけどなあ、己が父親が誰かわからん、会《お》うたこともないというのは、不憫《ふびん》やないか」

「世の中にはそういう人もたくさんいます。井出勝之助は死んだと……」

「生きてるがな」

「すみません、井口竹之助は旅の道中に死んでしまったのだと、折を見て告げるつもりです」

「う〜ん……。まあ、そのことは追い追い考えようか……」

「あなたさまの子でございます……、などと勝手なことを言って、本当にすみませんでした」

盃を重ねると、気も楽になり、そこは勝之助のことである。本来ならば重苦しいはずの話も、彼が話すと滋味が湧いてくる。

お浪の表情にも、幸せそうな笑みが浮かんできた。

何と言って勝之助に詫びようかと思い悩んでいたが、素直に言葉が出た。

「藁《わら》にも縋《すが》る想いで、そんな嘘をついたのやろ。ようわかる。そやけどおれは、藁やないで」

勝之助は、笑顔の中に決意を見せた。

「あれから剣術修行は疎《おろそ》かになったが、人助けのために何度も剣は遣《つこ》うている。きっとお浪と勝太郎の身は守ってみせる」

「嬉しゅうございますが、お訪ねしてよかったのかどうか……」

お浪は涙ぐんだ。

「おれの身を案じるのなら、気遣いはいらん。藤兵衛のような奴を、世の中にのさばらせてええはずはない。まずは策を練らんとなあ」

きっぱりと言い切る勝之助を前に、お浪の気持ちも引き締まった。

「それと、もうひとつ気になることがある」

「と、いいますと……」

「神奈川の宿で、浪人者二人を酒で潰してきたと言うたな」

「はい、うわばみの術を生かして……」

「それはええ気味やが、そいつらには、剣術修行中の亭主とここで落ち合うことになっていると嘘をついたとか」

「はい」

「翌朝になって、騙されたと知った時は怒りよったはずや、母子のあとを追って江戸にきているとも限らぬ」

「そうですね……」

「そいつらにも用心いたさねばな」

「確か、〝そうざぶろう〟〝ひょうのすけ〟と呼び合っていたような気がします」

「〝そうざぶろう〟〝ひょうのすけ〟の二人だな……。こっちも気に留めておこう」

「ありがとうございます……」

「それにしてもお浪……」

「あい……」

「苦労をしたな……。だが、大磯の化粧坂《けわいざか》で、熱に浮かされたおれを、助けてよかったと、きっと思わせてやるからな」

「井出の旦那……」

男の真心に触れるのは、勝之助と別れてからは一度もなかった。

相手の将来を思い別れた男を、心ならずも訪ねて嘘までついたわだかまりが、たちまち心の内から消えていった。

勝之助のこの一言を聞くために、自分はこれまで生きてきたのではないか――。

嬉しい想いが込みあげてきて、お浪はしばし心地よく泣くのであった。

(二)

「おい、兵之助……。見ろよ、あの浪人……」

「あ奴か……。うむ、確かに奴だ」

「そう思うか」

「ああ、間違いない」

「まさかとは思ったが……」

「女を追った甲斐があったぞ。さて、どうしてくれよう……」

呉服店〝鶴屋〟を見渡せる町角に、二人の浪人がいて、今しも店の中から出て来た、もう一人の浪人の様子をそっと窺っていた。

二人の浪人は、共に三十過ぎ。いずれもなかなかの偉丈夫で、いかにも屈強そうな佇《たたず》まいである。

額が張り出しているのが、飯田《いいだ》惣三郎《そうざぶろう》。

頬骨が張っている方が、西沢《にしざわ》兵之助《ひょうのすけ》。

そうである。

この二人は、神奈川宿でお浪にちょっかいを出そうとして、酒で潰された間抜けな浪人達であった。

二人が凝視している今一人の浪人は、井出勝之助である。

実は、この二人にとって勝之助は、憎んでも憎み足りない敵なのだ。

お浪を酒に酔わせてものにしようとした夜。

お浪は二人に酒を勧め、見事に飲み競べで勝利を得て泥酔させたわけだが、泊まり合せた旅籠《はたご》で、

「明日、やどと落ち合うことになっておりまして……」

と、亭主の存在を匂わせるのも忘れなかった。

しかも、どういう男だと問われて、

「先生方と同じ、剣術修行の者でございます……」

と、咄嗟《とっさ》に嘘をついた。

惣三郎と兵之助は、お浪を酔わせようとして酒を勧め、返り討ちにされてしまうのだが、強い亭主の存在をちらつかされて、嫉妬が湧いてきた。

それゆえ、酔っ払いつつも、

「剣の流儀は何だ？　どこの出だ？」

などと、亭主の人となりを根掘り葉掘り、しつこく訊ねたものだ。

お浪は辟易《へきえき》としながらも、酔い潰すまではいちいち応えねばならなかった。

そうなると、亭主の名は〝井口竹之助〟としたが、人となりは井出勝之助を思い出して、それに当てはめた。

生まれは上方で、吉岡流を極め、香取神道流にも学んだ。

日頃は、まるで強さを誇ったりはせず、誰に対しても親しみ深く接する、やさしさに溢《あふ》れた人だが、

「いざ剣をとれば、目にも止まらぬ速さで、相手を打ち倒します。無体なお武家さまからは、刀を取り上げたり……」

とも言った。

うわばみであっても、お浪も飲めばそれなりに酔う。

勝之助を思い出すうちに、惚れた男の姿が浮かんできて、ついつい惚気《のろけ》を言ってしまったのだ。

惣三郎と兵之助は、お浪の話を聞いて、ますます嫉妬にかられたが、やがて酔い潰れ寝てしまった。

常のことであれば、

「あの女、惚気をぬかしよって……」

と、怒りはしても、右から左に聞き流していたであろう。

しかし、宿酔《ふつかよ》いに苦しみつつ、女の話は頭の隅々に突き刺さるように残っていて、二人はそれを思い出すと、憎んでも憎み足りない敵の姿が浮かんできたのであった。

惣三郎と兵之助は、自分達を酒であしらい、さっさと消えてしまったお浪のあとを追うことで、その敵の所在を突き止めたかった。

お浪の名は、泊まり合せた時から、宿で訊ねてわかっていた。さらに問えば江戸へ向かったという。

相州一円をふらふらとしながら、悪巧みに日々を送ってきた二人である。神奈川から江戸を目指して旅発った母子の行方を求めるのは容易《たやす》かった。

街道筋で、訊ね訊ねて遂に、京橋南に母子の足跡を認めた。

捜し回っているうちに、似た母子が品川から日本橋を目指し、東海道を東下したことがわかり、そこから探りあてたのである。

「連れと逸《はぐ》れて難渋しておる」

「母子が無事か気が気でない」

などと、しかつめらしい顔をして、情報を仕入れる術が、すっかりと二人の身についていた。

調べてわかった事柄を辿るうちに、新両替町二丁目界隈に行き着いた。

女一人では見つけ辛いが、五、六歳の子連れとなれば、調べ易かったのだ。

すると、近頃それらしき母子が越してきたという借家に行き当った。

辛抱強く探ると、果してあのうわばみの女が、子連れでひっそりと暮らしていることが知れた。

とはいえ、田舎町と違ってここは人が多く、下手に借家に近付くと怪しまれる。

ひとまず探っていると、二人はお浪の許に訪れる、井出勝之助の姿を見かけて瞠目《どうもく》した。

「やはりあの時の浪人かもしれぬ」

確《しか》と判別出来なかったが、やがて浪人が〝鶴屋〟なる呉服店に入っていくのを見た。

その後、様子を見たが出て来る気配はない。

どうやら浪人は〝鶴屋〟に寄宿しているように思える。

そしてこの日。

惣三郎と兵之助は、呉服店を見張るうちに、〝あの時の浪人〟らしき男が出てくるのを認めしっかりと目に焼き付けたのだ。

浪人は、〝井口竹之助〟ならぬ、井出勝之助であった。

世の中には偶然がついて回る。

惣三郎と兵之助にとっては、今まで名も知らなかった相手だが、確かに以前、二人は勝之助に会っていて、それがために今の体《てい》たらくとなってしまったのである。

(三)

今年の春。

井出勝之助は旅を続けていた。

京を出て、少しの間大坂で過ごし、大磯でお浪と出会い、失恋をしてからは、方々へ出かけた。

一人で健気《けなげ》に生きている〝幸《さち》が薄い〟女の間を渡り歩き、女を幸せにしてまた新たな旅に出る。

そういう暮らしを送っていたのだ。

それもこれも、お浪を忘れるためであり、お浪のような酷《ひど》い男に翻弄されて辛い日々を送る女を助けてやりたい一心からであった。

そろそろどこかで落ち着きたい。

江戸へ行ってみようかと、東海道を東下していた折に、武州金沢で彼は、隠居の文左衛門と運命的な出会いを得て、共に旅を続けるうちに、飯田惣三郎、西沢兵之助の醜態を見かけることになる。

その頃二人はまだ宮仕えの身であった。

遠州《えんしゅう》掛川《かけがわ》五万石の領主・太田備中守《おおたびっちゅうのかみ》の家中にあって、用人を務めていたのだ。

二人は共に定府《じょうふ》で、大名小路にある太田家江戸上屋敷に、日々出仕していた。

二人共に戸田一刀流を修め、家中でも一目置かれていた。

それぞれが強いからではなく、いつもつるんでいるので、何かことあれば二人を相手にしなければならない煩《わずら》わしさがそうさせたのであろう。

惣三郎と兵之助は酒癖が悪く、酔うと喧嘩口論に及ぶことも度々であった。

それでも家中での家格も高く、揉めると面倒なので、同輩達はその時は上手く宥《なだ》めるなど大人の対応をしてきた。それゆえ何とか平穏無事にやってこられたのだ。

今年の春。江戸表と国表との書簡のやり取りが必要となり、二人は掛川出張を命じられた。

何かとうるさい二人を行かせれば、その間は江戸屋敷も静かになるだろうという意が多分に含まれていたが、

「やはりおれ達は、頼りにされているようじゃのう」

「しっかりと街道筋を見聞してこいとのありがたい仰せじゃ。まず、楽しもうで

はないか」

惣三郎と兵之助は、上機嫌で旅に出た。

「酒は控えよ。喧嘩口論はならぬぞ」

上役に戒められ、それを恭《うやうや》しく受け止めた二人であったが、一里離れると上の空となり、行く先々で酒に酔い、気に入らぬ者がいると脅しつけて旅を楽しんだ。

無事に掛川へ入り、務めもすませたまではよかったが、帰路は行きよりもさらに気持ちが緩み、二人の乱行は度が過ぎるようになった。

江戸屋敷と同様、道行く者達は偉丈夫でいかにも強そうな武士を見かけると、関り合いにならぬよう道を譲り、二人の態度が悪くても、ことを荒立てる者はなかった。

惣三郎と兵之助はすっかりと図に乗ってしまった。

従者や小者を宿に止めおき、二人だけで微行を楽しみ、力尽くで酌婦を抱いたこともあった。

酌婦は客を取ることもある。僅かな飲み代《しろ》で迫られるのは迷惑この上ないのだが、怒らせて怪我でもさせられたら飯の食いあげであるから、女達も止むなくされるがままになったのだ。これに気をよくした二人の勢いは止まらなかった。

旅の名残を惜しむように、江戸が間近に迫った川崎宿で、旅籠を抜け出した二人は、まだ日の高い街道筋を闊歩した。

既にぶら提げた徳利の酒で、二人共したたかに酔っていた。

すると、なかなかに縹緻《きりよう》のよい近在の百姓娘が道行くのを認めて、

「好い女だな」

「ちとからこうてやるか」

と、娘が脇を通り過ぎようとしたところにわざとぶつかって、

「おのれ、無礼者めが！」

と、絡んだ。

娘は怯《おび》えて、

「も、申し訳ございません」

と、平謝まりに謝まったが、二人は、

「申し訳ないと思うているのか」

「それならば許してもやろうが、想いを形にいたさねばなるまい」

せめて酌をしろと迫った。

小遣い銭くらい与えておけば、酒に酔わせて手込めにしたとて、どうというこ

とはなかろう。

そんな不埒《ふらち》な想いで脅しつけたのであった。

だが世の中には正義の士もいるものだ。

そこへ割って入ったのが井出勝之助であった。

その時、勝之助は旅で知り合った隠居の文左衛門と意気投合し、一緒に江戸への旅路を歩んでいたのだが、惣三郎と兵之助の蛮行を見過ごしに出来ず、酒に酔った二人を窘《たしな》めた。

すると、彼らは激昂し、

「おのれ！ 我らを愚弄するか！」

と争いになった。

腕に覚えのある惣三郎と兵之助であったが、これまではたまさか強い相手と巡り合わなかっただけのことで、誰も自分達に逆らわないので好い気になっていた。

「あほかい！」

と、一喝されたかと思うと、あっという間に地面を這っていた。

この時の様子を、文左衛門は後に、出会ったばかりの頃のお竜に語り、井出勝之助の人となりを表す話のひとつとして告げた。

それはこの物語では既に述べている。

勝之助は二人を打ち倒すと、百姓娘を逃がして、二人の刀を取り上げた。

惣三郎と兵之助は、不覚にもこの時、懐《ふところ》の道中手形を奪われ、遠州掛川五万石・太田家の家中と知られてしまう。

勝之助は、それを人前で読み上げることはせず、いずれの家中かだけを確かめて、二人に返してやった。

満座の中で、主家を辱《はずかし》めてやるまでもない。そこは武士の情けであり、心得であった。

ただ、刀は奪い取り、

「もしまた、お前らがここでよからぬことをしたら、この刀を江戸のお屋敷に届けてやるよってに覚悟をしいや」

と、二人を脅しておいた。

二人が逆恨《さかうら》みをして、この地で百姓娘を襲ったりすることのないようにしておいたのだ。

二振りの刀には、それぞれ紋が入っている。

勝之助に、

「御両所の素行を見かねて、これをお預かりいたした」

と、江戸屋敷に持ち込まれては厳罰は免れまい。

武士たるものが、旅先で己が差料《さしりょう》を失うなど、あってはならないことなのだ。

そうして、惣三郎と兵之助は青くなって、旅先で鈍刀《なまくら》を手に入れ、従者、小者に固く口止めした上で、そっと江戸屋敷へ帰館したのであった。

その後、勝之助は文左衛門に、腕と人となりを高く買われて、共に江戸に入ると、呉服店〝鶴屋〟に食客として迎え入れられることになる。

件《くだん》の二振りの刀は、〝鶴屋〟の蔵に今も置かれている。

そして、勝之助はそれから二人がどうなったかを知らない。

酒が抜けて正気に戻った二人は、これに懲りて大人しく過ごしているであろう。

わざわざ太田家に問い合わすまでもない。

むしろ川崎の宿外れのあの百姓娘に受難がないか、〝鶴屋〟出入りの者が川崎辺りを通ることがあれば、噂を聞いておいてもらうようにと頼んでいた。

しかし、飯田惣三郎と西沢兵之助の不祥事は、すぐに太田家上屋敷で知れるところとなった。

宿場での蛮行に腹を立てた問屋場《といやば》の者が、二人の主家を突き止めて訴え出たのだ。

二人が差料を奪われたところを、多くの者が見ていたので、百姓娘に乱暴を働き、通りすがりの浪人に懲らされた顚末も告げたのである。

こうなると、二人は申し開きが出来なかった。

太田家中でも、日頃から評判の悪い二人である。

誰も二人に味方をする者もなく、惣三郎と兵之助は切腹は免れたものの、改易となり浪々の身となったのだ。

それから二人が、無頼の徒になり悪行に走ったのは想像に難くない。

そして、彼らの怨恨は井出勝之助に向けられた。

自業自得という他はないが、差料さえ奪われなかったら、申し開きのしようもあったと二人は勝手に思っているのだ。

それが何の因果であろうか、神奈川宿でちょっかいをかけてやろうとした女の亭主が、憎い敵であったとは――。

旅籠でお浪が話した勝之助の思い出は、後で思えばひとつひとつが、あの日二人の差料を奪った浪人に符合した。

勝之助は、お浪と大磯で出会う以前にも、乱暴を働く旅の武士をやり込め〝刀狩〟をしていた。

その話を聞いたお浪は、亭主の武勇伝を誇る想いで、惣三郎と兵之助に語ったのだ。

これを思い出した時、二人の疑念は、女の亭主があの日の上方訛りのとぼけた浪人に違いないとの確信に変わった。

そして、惣三郎と兵之助は〝鶴屋〟の近所で聞き込みをして、遂に敵を見つけた。

酒で二人を酔い潰した女への憎しみは、勝之助への恨みに塗り替えられていた。

「兵之助、あ奴をこのままにはできぬぞ」

「ああ、きっと恨みを晴らしてやる」

「だが、あ奴は凄腕だ。どうすればよいか……」

「何の、あの時はおれ達も酒に酔っていた。次はそうはいかぬぞ」

「とはいえ策を練らねばな……」

「井出勝之助は、しばらくここを動かぬであろう」

「そのようじゃ、あ奴とてどこかできっと隙を見せるはず、じっくりと狙いを定めてやろう」

「心得た……」

無頼浪人二人は、虎視《こし》眈眈《たんたん》と勝之助を狙っていた。

だが、その井出勝之助は、鎌鼬の藤兵衛に気が向いていて、お浪が酔い潰した二人組については、

「そいつらにも用心いたさねばな」

と、注意をはらってはいるものの、それがあの日懲らしめた上に差料を取り上げた二人組だとは思いもよらなかったのである。

(四)

〝地獄への案内人〟の元締である、隠居の文左衛門は、井出勝之助とお竜を隠宅へ呼び出した。

二人の前には、二十両の金子《きんす》が置かれている。

「鎌鼬の藤兵衛とその一味ですが、方々に問い合わせたところ、かなり悪どい盗みをしているようです」

文左衛門は静かに言った。

お竜はお浪から聞いた話を、そのまま文左衛門に伝えた。

お浪と勝太郎については、勝之助の口から知らせるより、お竜の方が冷静に語ることが出来ると思ったからだ。

「何という悪党だ……」

話を聞いて文左衛門は義憤にかられ、奉公人である安三《やすぞう》に藤兵衛について調べさせ、自らも動いてその道に詳しい御用聞きの親分や、香具師《やし》の元締などから評判を聞いた。

すると、藤兵衛一味は商家へ大胆に忍び込み、家人を容赦なく殺害して金品《きんぴん》を奪う、思った以上に非道な盗人であることがわかった。

残忍で荒っぽい手口で犯行に及ぶが、仕事にかかるまでは実に入念に準備をして、巧みに隠れ家を構え、姿を変えて全国に逃げ回るので、なかなか役人も尻尾を摑めずにいるらしい。

そこから考えると、お浪が藤兵衛の正体を知りながら殺されずにすんだのは実に幸運であったといえる。

極道者の亭主を目の前で殺し、

「お前も同罪だ」

と脅しをかけ、隠れ家にしていた休み処をくれてやったことで、お浪を仲間として取り込んだつもりであったのだろうが、藤兵衛は余ほどお浪を気に入ったのであろう。

そして、男という生き物の本能で、

「この女は、ひょっとするとおれの子を産むのではないか」

そのように感じたのかもしれない。

とはいえ、すぐに様子を見ずに、上方での盗みの仕事を終えて、ほとぼりも冷めた頃になって乾分《こぶん》を送り込むという用心深さと忍耐力はなかなかのものだ。

鎌鼬の藤兵衛の悪名を轟《とどろ》かせつつも、その実体は明かさない。

実に恐ろしい男であると、文左衛門は見ていた。

そして、藤兵衛とその一味は、

「地獄へ案内してやらねばならぬ相手です」

となる。

お竜と勝之助の前に置かれた二十両は、その案内料なのだ。

「この度は、案内料をいただくわけには参りませぬ」

勝之助は、二十両を辞した。お浪と勝太郎のことは自分が持ち込んだことであり、銭金《ぜにかね》では動きたくないと考えていたのだ。

「いや、藤兵衛の悪行は、先生だけのことではございません。お浪さんのような目に遭った女は何人もいるはずです。先生には、私怨を晴らすつもりで、かかってもらいたくはないのです」

文左衛門は、「金は受け取って、きっちりと案内人の仕事を果してくれるようにと勝之助に迫った。

文左衛門は日頃から、私怨で殺しに挑めば、しくじりを犯す因《もと》になると言ってきた。

金を受け取ることで、確実に殺しをやり遂げるという心得を、案内人には忘れないでいてもらいたいのだ。

「この先、お浪さんと子は、生きていかねばなりません。その二十両は、決して邪魔にはなりますまい」

文左衛門の言葉に相槌を打ったお竜は、勝之助に促すように、自分の前に置かれた二十両を収めた。

勝之助は、ふっと笑って、

「そうでござったな。いきり立つとろくなことがない……」

彼もまた二十両を掲げてから、懐に収めた。

三人はしっかりと頷き合った。

文左衛門は、お浪、勝太郎と会って言葉を交わしていない。

彼は陰の存在であらねばならないのだ。

今、この瞬間も、藤兵衛は勝太郎を攫《さら》ってやろうと探っていることであろう。

文左衛門の隠宅に、三人が揃っている間、お浪は勝太郎と近くの借家に潜んでいる。

借家の隣も今は空き家になっていて、そこに安三が控えて、母子に異変がないか見張っている。

この辺りは抜かりのない〝地獄への案内人〟達ではあるが、殺す相手は決まっていても、まだその姿を捉えてはいない。

お浪の話を聞くと、藤兵衛はそのうちきっと現れるであろうが、相手は名うての盗人である。

いかにして勝太郎を盗みに来るか、緊張が走る。

しかも、その時が勝負になろう。

相手の出方を待つのは、何ともまどろこしい。

ただ守るだけではいけないのだ。

――隙を見せねば、相手も寄ってこない。

と、文左衛門は考えている。

だが、いかにして隙を見せるかが、随分と難しいのである。

(五)

采女《うねめ》ヶ原《がはら》を二頭の馬が競うように疾駆している。

乗り手の武士は、なかなかの馬術の達者と見える。

心地よい馬の足音をかき消すように、階下からは講釈師が語る軍記が聞こえてくる。

鎌鼬の藤兵衛は、上方下りの戯作者に化けて、采女ヶ原の馬場の傍に建つ講釈《こうしゃく》場《ば》の二階に逗留していた。

一見すると四十絡みの通人に映るが、その時々では、五十の隠居にも思える。

まったく得体の知れぬ男であるが、今は弟子二人を側に置き、目で馬を、耳で講釈を楽しみながら、ぽつりぽつりと二人に話しかけている。

二人は三十絡みと、二十半ば。文芸に通じた、作者志望の弟子というところだが、それにしては、やたらと目付が鋭く、体が引き締まっている。

もちろん、戯作の弟子などではない。

太十《たじゅう》、按七《あんしち》という、藤兵衛の乾分である。

三十絡みが太十。

大磯宿化粧坂にあった休み処にお浪を訪ねてきて、藤兵衛の迎えが来るのを待つように告げて去っていった一味の者であった。

藤兵衛の右腕と目されている乾分で、腕も立つし頭もよい。

藤兵衛の意を受けて、実際にお浪の極道者の亭主を、匕首《あいくち》で一突きにしたのは太十であった。

「お浪と倅《せがれ》の居処はしれたのか?」

藤兵衛は低い声で言った。

洒脱な戯作者とは思えぬ、凄みのある口跡《こうせき》であった。

「へい。既に突き止めておりやす」

「お前も忙《せわ》しねえ想いをさせられたもんだなあ……」

「女の考えることが、あっしにはさっぱりわかりやせん」

「腹を痛めた子を、おれには渡したくねえようだが、馬鹿な女だぜ」

藤兵衛は苦々しい表情を浮かべた。

鎌鼬の頭は、近々江戸で一仕事をするつもりであった。

それが済めば、自分は盗人稼業から身を引いて、今まで盗んだ大金で金貸しでもして、表の世界で伸《の》し上がろうと企んでいた。

まず闇から始め、金をさらに増やし、少しずつ表の顔を晒《さら》していき、誰からも手出しされぬ御大尽《おだいじん》になる。

そうなると、血を分けた子供が欲しくなる。

盗みで得た汚れた金も、いつしか清められるであろう。

その金で余生を楽しみ、使い切れぬ金は子に継いでいく。

藤兵衛は、そんな夢を見始めたのだ。

勝太郎は、盗人の子になるわけではない。

金持ちの若旦那として、何不自由なく生きていけるのだから、何もためらうことはないはずだ。そして藤兵衛の実子は勝太郎しかいないのだ。

「太十、お前がそこんところを、もう少しお浪に詳しく話さねえから、あいつも恐くなったんだよう」

藤兵衛は、思いを馳せるうちに腹が立ってきたらしく、太十を詰《なじ》った。

「申し訳ありやせん……。あっしの言葉が足りませんでした」

太十は低頭した。

藤兵衛の迎えが来れば、それからは贅沢な暮らしが待っていると、お浪には伝えたが、確かにもう少し藤兵衛が何を考えているかを話しておくべきであった。

藤兵衛の命《めい》で大磯へ立ち寄り、お浪の様子を見た太十であった。するとお浪は、勝太郎という子供と暮らしていた。

そして、子供の顔にははっきりと藤兵衛の面影が見られる。太十は江戸へ入りこれを藤兵衛に知らせた。

「そうかい……！　そんな気がしていたぜ」

すると藤兵衛は太十の想像を超える喜びようで、お頭がそこまで我が子に執着を覚えているとは思いもよらず、

「女と子供をきっと、おれの前へ連れてこい」

と、きつく言われて、太十はまたすぐに大磯にとって返した。

しかし、お浪は既に子を連れて、いなくなっていた。

太十は焦った。お浪は人目を忍んで逃げているゆえ、見つけるのは難しい。だ

が太十はこんなことには慣れている。智恵を絞って母子が宿場を出てどこへ向かったか、探ってみた。

まず大磯で、藤兵衛が立ち去ってから、休み処にはいかなる人の出入りがあったのか、聞き込みをした。

あの休み処は、陶工が窯《かま》を開くために所持していたが、極道者の亭主から逃げてきたというお浪を気の毒に思った陶工が、お浪に休み処を店貸《たなが》しして、新たな窯場を求めて立ち去ったと人に知られていた。

陶工は鎌鼬の藤兵衛の世を忍ぶ姿であったわけだが、名も藤左衛門《とうざえもん》としていて、お浪は我が子のためにその実体を誰にも明かさなかった。

それゆえ、太十が近隣の者に、あの陶工の弟子だと告げて、

「お懐しゅうございます……」

と、心付けなどして話しかけると、陶工がいなくなった後に、井出勝之助という若い旅の剣客がこの地で行き倒れ、しばらく休み処の離れ家で暮らしていたことなど話してくれた。

宿場の者達は井出勝之助には、よく世話になった。大磯を去って、今は江戸の京橋南の呉服店に寄宿しているらしいという噂を知ることが出来たのである。

お浪はきっと、この勝之助なる浪人を頼って、呉服店に身を寄せているのではないかと、太十は当りをつけた。

街道筋で聞き込むと、お浪、勝太郎らしき母子の足跡が見えてきた。

そうして遂に、〝鶴屋〟近くの空き家に住んでいると、突き止めたのであった。

「おれがいる江戸へ逃げるとはな。こいつは意表を突かれたぜ。さて、どうしたものか……」

藤兵衛は頭を捻った。

自分が盗人から足を洗い、この先は表の世に出て生きていくと告げたとて、お浪は素直に息子と二人で藤兵衛の世話になると言わないかもしれない。

頑《かたくな》に拒むことも考えられる。

となれば、お浪を力尽くで押さえ、勝太郎と共にまず自分の傍に置くしかない。

その後、お浪をどこかで始末して、勝太郎には、

「お前のおっ母さんは、外で災いに遭って命を落しちまったのさ」

などと告げて、自分が飼い慣らしていけばよい。

いずれにせよ、有無を言わさず攫うしかなかろう。

だが、お浪が住む借家は野中の一軒家ではないのだ。

押しかけて母子を攫うのも考えものだ。

それに、井出勝之助という浪人は、なかなかの遣い手らしい。

「勝太郎の名は、その浪人の名からとったのだろうよ。お浪の奴、おれと別れてすぐに、好い仲になりやがったようだな」

「とにかく邪魔な野郎ですぜ」

「お浪は、おれから倅を守ってくれと泣きついているのかもしれねえ……。井出勝之助に仲間はいねえのかい？」

「へい、それが、どうも目障りな浪人があと二人……」

「浪人が二人？」

「女と子供のことを、そっと見張っているような」

「お浪と倅を守るために、新たに雇いやがったのかもしれねえな」

藤兵衛と太十は腕組みをした。

立廻り先が知れたというのに、これでは容易《たやす》く手を出せない。

「乾分達を集めますかい……」

按七が言った。

この乾分は、武家奉公人崩れで武芸の心得があり、凶暴さでは誰にも引けはとらない。

「いや、今はもう少し様子を見るとしよう」

藤兵衛は頭を振った。

江戸での大仕事が控えている。無闇に乾分を集めて目立つことはしたくなかった。

「まず、その目障りな二人が、何者か確かめるのが先だ……」

話すうちに、馬場で馬がいななくのも、階下で語る講釈師の声も、藤兵衛の耳に入らなくなっていた。

しかし、采女ヶ原の馬場からは、新両替町二丁目の〝鶴屋〟は、もう目と鼻の先の近さと言ってよい。

井出勝之助とお竜が待ち受ける、鎌鼬の藤兵衛は、既に近くにいて、そっとその時を窺っていたのである。

(六)

その頃。

飯田惣三郎、西沢兵之助の二人は、鉄砲洲の浜辺の松木立の中にいて、海を眺めながら、徳利の酒を飲んでいた。

かつて太田家上屋敷にいて宮仕えをしていた頃に知り合った、渡り奉公の中間《ちゅうげん》の家がこの近くにあり、二人はそこに潜り込んでいた。

中間はこのところ、新たな大名家の屋敷に奉公に上がっていて、その間、住まわせてもらっているのだ。

家といっても船小屋に手を入れたぼろ家で、そのすぐ近くに広がる武家屋敷町の威容を眺めると、己が落魄《らくはく》を思い知らされて胸が痛んだ。

それもこれも、井出勝之助のせいである。

「あ奴め、目に物見せてくれるわ」

「覚悟いたせ」

二人はその想いを胸に、お浪と勝太郎と憎い男の動向を見張り、復讐の機会を探っていた。

だが、井出勝之助を狙いたくても、なかなかその機会が見つからない。

勝之助は、呉服店〝鶴屋〟で、用心棒と手習い師匠を兼ねた暮らしを送っているらしい。

それゆえ、日中はほとんど店の中にいる。時折は出てきても、近所の隠居の家に顔を出すか、出入りの仕立屋の女と、店の外で立話をするくらいである。

このところはそれに加えて、頻繁に、店の近くの借家に暮らす、お浪と勝太郎の顔を見に行っているのだが、この借家は件の隠居の家から近く、〝鶴屋〟からは裏木戸を出ればすぐのところにある。

お浪を訪ねる道中に狙うには、立地が悪過ぎる。

おまけにこの辺りは日が暮れてからも、それなりに人通りがある。下手に襲いかかるわけにもいかない。

そもそも、惣三郎と兵之助にとっては憎い敵ではあるが、たとえば身内の仇ではないので、堂々と討てない相手なのだ。

さらに勝之助の腕前は、二人が素面《しらふ》でかかっても討ち果せるようなものではない。

闇討ちにして逃げ去り、溜飲を下げるのが望みであるが、そうしたところで奪われた刀が戻ってくるわけでもない。返り討ちにされる恐れもある。

とどのつまりは、浪人二人には何も得られるものはないのだ。

たとえば夜にお浪の家へ押し入って、女子供を攫って質に取り、井出勝之助をおびき出す手もあろう。

だが、様子を窺うと、このところは仕立屋仲間の女が、お浪の借家に泊まり込んでいるようだ。

たかが町の女とはいえ、騒ぎ立てられると面倒であるし、攫ってからどこへ連れていけばよいものか知れぬ。

人目を避けて運び込めるところなど、久しぶりに江戸へ入った二人には考えつかなかった。

ちょっかいを出そうとした女の亭主が、もしやあの時の浪人ではないかと思い、気が昂《たかぶ》るあまり女を追って江戸へ来た。

そして、やはりあの時の浪人が女の亭主で、井出勝之助というのがわかり、興奮は極限に達した。

かくなる上は、何としてでもあの時の意趣返しをしてやると意気込んだが、それが容易いものでないと身をもって知ると、怒りよりも空しさが込みあげてきた。

日がな一日、勝之助をつけ狙うわけにはいかない。

怪しまれても困るのだ。

それでこの日は、鉄砲洲の浜で一杯やりながら策を練っているのだが、二人共に、

――もう、あんな浪人など相手にせずに、どこかで間抜けから金をたかってやるか。

という気になってくる。

だが、互いに武士としての意地がある。

「兵之助、何か好い策はないかのう」

「おれもずうっとそれを考えているよ」

いくら空しさに襲われたとて、井出勝之助を前にして、おめおめと引き下がれなかったのである。

兵之助はじっと考え込んでいたが、

「惣三郎、よくよく考えてみれば、そう急ぐこともあるまい。井出勝之助は、あの呉服屋に腰を落ち着けているようだ。しばらく土地を動くまい」

「なるほど、憎い敵だといって、すぐに討ち取らねばならぬわけはないのう」

「我らもしばらくここに腰を落ち着ければよいのだ」

「そうだな。そのうちにあ奴も、どこかで隙を見せるだろう。これからどこぞへ

繰り出して、策を練ろうではないか」

「うむ、それがよかろう」

ひとまず二人の話はまとまった。

まとまったというよりも、このところの不満を酒でまぎらしたくなったというべきか。それだけ二人の苛々《いらいら》は募っているのだ。

生来凶暴で、他人に対する思いやりが皆無の人間など、そうはいない。

それが、共に同じ大名家の家中に生まれ、同輩となった。

二人がつるむようになったのは当然の成り行きであったであろうが、世の中に自分と同じ人間がいる安心が、迷惑な無頼漢をさらに増長させた。

神仏は時に危険な偶然を地上に起こし、人に厄難を及ぼす。

世を拗《す》ね、不運を嘆き、他人に怒りをぶつける二人が、気晴らしに酒を飲むとろくなことがない。

その夜、明石町の居酒屋で酒を飲み、気にくわぬ者を脅しつけ女をからかった二人は、少しうさも晴れたか、

「あんな上方贅六《ぜいろく》になめられて堪《たま》るか」

「今のおれ達には、何も恐れるものなどないのだ」

夜になって浜辺の小屋へ、おだをあげながら戻った。

すると、松林にさしかかったところで、黒い影に呼び止められた。

「ちょいと旦那方……」

黒い影は三人。浪人の風体に見えるが、話し口調は町のやくざ者のように聞こえる。

惣三郎と兵之助は、以前よりは、酒を控えるようになっていた。いつでも刀を抜けるように、左手で鞘を摑み、身構えた。

「何だ汝《うぬ》らは……」

惣三郎が問うた。

無頼浪人となってからは、幾度となく修羅場も潜っている二人であった。

油断なく見廻すと、影の頭目らしき男が、二人の前に立ちはだかり、

「ちょいとお訊ねしたいことがありましてねえ……」

と言う。

この頭目は鎌鼬の藤兵衛である。

他の二人は太十、按七。

浪人姿に変装しているのは、いざとなれば腰に差した長いので、二人とやり合

おうとの方便であった。

藤兵衛はただの盗賊ではない。武家崩れで、剣の腕も相当なものなのだ。

だが元より、ここで惣三郎、兵之助を相手にやり合うつもりはなかった。

「おれ達に訊きたいことだと……。こんな人気《ひとけ》のないところで何を訊きたいと言うのだ」

兵之助は、怪しい奴だと気色《けしき》ばんだ。

「そのようにいきなり喧嘩腰になることもねえでしょうよ」

藤兵衛は宥めた。さすがに大盗《だいとう》の頭である。声には凄みがあり、落ち着いている。

短気な兵之助は、口より先に手が出るのが身上だ。

「黙れ……！」

と、一声発すると抜刀した。

惣三郎も抜いた。

その刹那、藤兵衛達もまた、跳び下がりつつ、腰の刀を抜き放った。

松林に殺気が漂う。

皆、それぞれに刀の構えは堂に入っていて、なかなかのものだ。

「こいつはおっかねえ旦那方だ。こっちは端《はな》から争うつもりはありませんよう」

藤兵衛がにこやかに言った。

この場で笑みを浮かべられるとは、大した貫禄である。

「なら、何故《なぜ》抜いた……」

兵之助は、剣先を藤兵衛に向けたまま詰った。

「ははは、抜いたのはそっちが先ですぜ」

藤兵衛は尚も笑って、白刃を鞘に戻した。

惣三郎と兵之助は、苦い表情で、構えを解いた。

「先に、その訊きたいことを言うがよい」

惣三郎が応えた。

「旦那方は、新両替町の借家に住む、女と子供を見張っておりやすねえ」

藤兵衛が問うた。

「何が言いたい？」

「あれは、女から頼まれて、おかしな奴が辺りを嗅ぎ廻っちゃあいねえか、見張っているわけで？」

「何だと？　女子供をおれ達二人が守っているというのか」

「初めはそう思ったが、どうやらそうでもねえようだ……。それで、お訊ねしようと思ったんですよう」

「フッ、たわけたことを……。おれ達が、女子供を守ってやる謂れなどないわ」

兵之助が吐き捨てた。

「左様で……。そんならどうして、女の様子を探っているのです？」

「お前らこそ、何故おれ達の動きを探る？」

「女とその倅に用がありましてねえ」

「ならば勝手にしろ、おれ達が気にしているのは、女の亭主の方だ」

「女の亭主？　井出勝之助という浪人ですかい？」

惣三郎と兵之助は、再び刀を構え直して、

「お前達は何者だ！」

「井出勝之助の仲間か！」

と、藤兵衛を睨みつけた。

「まず刀を納めてくだせえ。あっしらは、旦那方の役に立ちますぜ。ここはひとつ手を組もうじゃありませんか」

「手を組むだと……」

「お前達を信じろというのか」

「信じてもらうしかありませんねえ。そうすりゃあ、あっしらは女と子供をいただく、旦那方は女と子供をだしに井出勝之助をおびき出して始末する……。互《たげ》えに好いことずくめですぜ」

藤兵衛はニヤリと笑った。

惣三郎と兵之助は顔を見合って、

「おもしろそうだな」

「話を聞こうか……」

悪党同士の気脈が通じたようだ。二人は刀を納めた。

(七)

攻める側と守る側。

どちらかが動いた時が勝負となる。

攻守共に表立ったことが出来ない者同士の戦いとなれば、その仕掛け方が難しい。

そしてまず動いたのは、守る側であった。

「鎌鼬の藤兵衛は、もう近くにいると考えた方がええやろう。そやけどこの借家は、襲われた時に逃げ場がない。しばらくの間、どこか遠くに身を隠した方がよさそうやな」

勝之助は、お浪を促して隠れ場を変えさせたのだ。

この地で、お竜から仕立屋指南を受け、まず勝太郎との自立を図ったが、勝之助にしてみれば、鎌鼬の藤兵衛の評判を聞けば聞くほど不安になってきた。

連中は勝太郎を奪い取りたいと考えているようだが、どこまで執着しているかはわからない。

腕の立つ浪人がお浪を守っていると知れば、嫉妬も絡み自棄《やけ》を起こしかねない。

「どうせ取り返せないのであれば、息子共々殺してやる」

と、動きかねないのだ。

借家には現在、お竜が泊まり込み、安三が隣の空き家に控え、勝之助と交代で用心を固めているが、いつまでもそんなことはしていられない。

そのうちに藤兵衛を見つけ出して、地獄へ案内してやるが、まずお浪と勝太郎の安全を確保するのが先決であった。

そこで、文左衛門と諮《はか》って、母子を深川木場近くにある寮へ移すことにしたのであった。

そこは、かつて文左衛門が主を務めていた材木屋〝熊野屋《くまのや》〟所有のもので、一時文左衛門が隠居所として使っていたこともあった。

この辺りは水郷の趣《おもむき》があり、生垣に囲まれた庵《いおり》風の寮は、江戸に商用で訪れた客の宿泊所としても機能していた。

専用の船着き場もあり、人知れず母屋に入られるように造成されているので、お浪と勝太郎を密かに運ぶことも容易い。

何といっても、母屋には蔵が隣接していて、ここへ逃げ込めば、まず捕えられることはない。

しばらくの間は、この蔵の中を住まいとして、仕立物を大量に運び込み、お竜もそこに泊まりながら、指南をすればよいであろう。

寮番には、勝之助と安三が交代で入り、文左衛門はしばらく江戸橋の船宿〝ゆあさ〟で暮らして、安三のいない不便を補うことにした。

「お浪、何があってもお前を守り抜いて、勝太郎を非道な盗人の頭には渡さぬぞ」

勝之助は、お浪に誓った。

お浪には何の異存があるはずもない。

勝太郎が、

「あなたさまの子でございます……」

と、嘘をついて、何とか勝之助に守ってもらおうと咄嗟に考えたが、自分の子でもない勝太郎のために、ここまで手の込んだことをしてくれるとは、嬉しさを通り越して、申し訳なさばかりが先立つお浪であった。

「井出の旦那……、あなたさまは弱い者のために命を張ってまで助けるお人だと、お竜さんから聞きはしましたが、こんな段取りが組めるなんて、ただごとではありません。あれからどうなったのです」

お浪は、勝之助がただの呉服屋の食客とは思えず、訊ねずにはいられなかった。

どんな恐ろしい目に遭うかもしれぬというのに、平然として母子に付合ってくれる、お竜もまた何者なのかと、不思議に思っていた。

〝地獄への案内人〟の本性を見せてはいけないお竜と勝之助であるが、今はもったいをつけていられない。

「お竜殿の苦労話は聞いたか」

「はっきりとは聞いていませんが、あたしと同じくらい悲しい目に遭ったとか……」

「おれもまた夢破れて世を拗《す》ねた身やが、二人共、あるお人に拾うてもろてな、少しは生き甲斐を覚えられるようになった」

「立派なお人なのでしょうねえ」

「ああ、弱い者のために生きるお人や。おれもお竜殿も、そのお人の手伝いをしているわけや。そやさかいに、気遣いはいらん」

勝之助は、そのように言い含めて、十一月に入ったばかりの午《ひる》さがり、この辺りが一番賑わう時分になって、人混みにまぎれそっとお浪と勝太郎を外へ出し、紀伊國橋《きのくにばし》の袂から三十間堀の落ち口へ降り、そこから迎えの船に乗った。

船は〝ゆあさ〟から仕立てたもので、腕利きの船頭・留蔵《とめぞう》が艪《ろ》を操った。

お浪と勝太郎には、お竜が同行した。

木場の寮には、既に安三が入っている。

こうして、お浪、勝太郎はひとまず寮に入って保護されたのだ。

しかし、この動きは藤兵衛に知られていた。

「ふッ、動き出しやがったか……」

彼は、飯田惣三郎、西沢兵之助と共闘を誓っていた。

浪人二人に加えて、太十と按七を配し、注意深く、お浪と勝太郎の動向を探っていたのだが、その報を受けた時は小躍りした。

お浪と井出勝之助は、既に件の借家を藤兵衛が見つけていることに気付いていない――。

見つかる前により安全なところへ移そうとしているのだろうが、場所によってはかえってこっちの都合が好いというものだ。

何よりも助かったのは、太十と按七の他に乾分を集めずにすんだことだ。

太十と按七は、かつて大磯に隠れ家を構えていた時に、陶工の弟子に化けて、藤兵衛に付いていた。

それゆえ、お浪を知っている。

勝之助に恨みがあるという二人の浪人と合わせて四人。

これだけでことは足りるであろう。

勝之助がいかに剣の達人であろうと、どうということはない。

お浪と勝太郎を奪い、それに勝之助が気付いたとすれば、自分も助太刀をして討ち果すつもりであった。

勝之助はお浪に惚れているらしい。

そうなると、生かしておくと後々面倒だ。

惣三郎と兵之助の話では、吉岡流の遣い手だというが、所詮は道場剣術だ。

闇での争闘に慣れている自分達三人が助っ人をすれば、きっと仕留められよう。

藤兵衛は、太十と按七にお浪と勝太郎の落ち着く先を見届けさせた。

惣三郎と兵之助は、いかにも武張《ぶば》っていて、この二人が無闇に動くと、目立つ恐れがある。

そこへいくと太十と按七は、名うての盗賊一味だ。

人知れずあとをつけるのは、お手のものであった。

果してお浪と勝太郎は、お竜と一緒に、深川木場の寮へ入った。

それがわかると、

「旦那方、急《せ》いてはことを仕損じますぜ。まず寮の様子を確かめてから攻めねえと埒《らち》が明きませんからねえ」

藤兵衛は、惣三郎と兵之助を落ち着かせた。

中には蔵があって、いざという時の隠れ場になっているように思える。

「ふふふ、じっくりと策を練ってみましょうぜ。蔵に逃げ込むなら勝手に逃げ込めば好いや。こちとら蔵を荒らすのが商売だ。きっと扉を開けてみせますよう……」

自信たっぷりに話しつつ、自分達は盗賊一味で、関われば同罪、互いに裏切りはなしにしようと、暗に伝えたのである。

(八)

「ご苦労やったねえ。ゆっくり休んでくだされや」

「へい。よろしくお願いします」

「変わったことは？」

「何もございません」

「それは何よりや」

「賊は本当にくるんでしょうかねえ」

「さて、どうやろなあ。捜していたとしても、すぐにここを突き止められはせんやろ」

「そうなったら、しばらくここでの暮らしが続きそうですねえ」

「苦労をかけるが、役人に訴え出られぬゆえになあ、困ったことや。で、三人は蔵へ……」

「へい。今しがた中から錠を下ろしたところで」

「そうか……」

「そんなら、あっしはこれで」

深川木場の件の寮の前で、井出勝之助は安三と立話をすると、寮での番を交代した。

お浪と勝太郎が、お竜に伴われてこの寮に入って五日が過ぎた。

勝之助と安三が交代で番を務め、夜になれば女二人、子供一人が住まいとして修繕された蔵に入って中から錠を下ろすのだ。

日頃は寡黙な安三ではあるが、人恋しさが募ったか、勝之助とは会話が弾んだ。

勝之助はしばし、寮の木戸の前に佇み、安三の姿が夜の闇に溶けていくのを眺めていた。

その頃、蔵の中ではお浪が勝太郎を寝かしつけていた。

やがて寝息を立てて、深い眠りに落ちた勝太郎を、目を細めて見ていたお竜が、お浪にしっかりと向き直って、

「よろしいですか、外が騒がしくなったら、あたしが出ます。お浪さんは、すぐに錠を下ろしたあと、坊やを抱いてこの長持の中へ入って隠れていてくださいな」

と、告げた。

「お竜さんが外へ……。そんな危ないことをして大丈夫なのですか」

お浪は目を丸くした。

「はい、大事ありません、こっちにも考えがありますから……。ただ、それからのことは何も聞かないでくれますか？」

「聞くなというなら、何も訊ねませんが、くれぐれも危ない真似はなさらないでくださいね」

「わかっていますよ……」

お竜は力強く頷いた。

「きっと、お浪さんを苦しめた悪い奴らは、勝手に地獄へ落ちていくでしょうよ」

「そうでしょうか……」

「どんな酷い目に遭わされても、お天道さまは、いつかきっと帳尻を合わせてくださるものです」

「それを信じたい……。でも、勝太郎の体の中には、悪人の血が流れている。それがいつかあの子の体の中で暴れ回り、悪い縁を引き寄せるのではないかと……」

「たとえ藤兵衛が地獄へ落ちても、地獄の底から悪い念を送るのではないか……」

「はい」

「坊やの体の中には、お浪さんの血も流れているのですよ。何があっても、悪い奴に子は渡さないと、甘い誘いも振り切って、ここまできた、あなたの赤いきれいな血が……」

「あたしの血が、藤兵衛の血に勝てるでしょうか」

「お浪さんが怯《ひる》まずに戦えば、きっと勝てますよ。人は誰でも、とんでもない重荷を抱えているものですが、負けてはいけません。お浪さんだけに見せてあげますよ」

お竜は立ち上がると、お浪の眼前で着物の裾をまくってみせた。

お浪は息を呑んだ。

お竜の右の太腿の内側に、竜の彫物が息衝《いきづ》き吠えていた。

「これは、あたしをどこまでも弄んで苦しめた男に残された、一生消えない傷跡なんですよ……」

お竜は静かに告げた。

「この竜が吠える度に、あたしは胸が痛んで、人を憎むことの辛さに身もだえする……。でもね、くだらない男に騙されて、悪事の片棒を担がされたような女でも、助けてくれる人がいて、今はこうして、少しは人様のお役に立つようになりましたよ。幸せというものがどんなものか、おぼろげにわかるようになりましたよ。お浪さんには、かけがえのない坊やがいる。あの子のために、戦っておあげなさいな」

「お竜さん……、あなたがあたしにどこまでも親切にしてくださる理由《わけ》が、今はっきりとわかりました……」

お浪は目に涙を浮かべて頭を下げた。

お竜は裾を直すと、

「あたしにこの竜を彫った男は、勝手に地獄へ落ちていきましたよ……」

しっかりと頷いてみせた。

その時。
蔵の外に人の気配がしたのを、お竜の研ぎ澄まされた五感は、しっかりと捉えていた。
寮の表にいる勝之助も、その気配を覚えていた。
それでも彼は慌てずに、悠然として安三の去った方を見つめていた。
そしていよいよ、寮へ戻らんとして踵《きびす》を返した時。
背後から二つの影が迫ってきた。
勝之助は相変わらず悠然とした調子で、寮の中へと進んだ。
すると二つの影はここぞと寮に侵入し、木戸門を閉じた。
この二人は飯田惣三郎と西沢兵之助であった。
「井出勝之助、恐れて振り向くこともできぬか……」
憎々しげに、まず兵之助が声をかけた。
「やはり参ったか。飯田惣三郎、西沢兵之助……」
勝之助はゆったりと振り向くと、二人の名を呼んだ。
たちまち二人に動揺が走った。
惣三郎と兵之助が、お浪と勝太郎が住む借家に探りを入れている様子に、いつまでも気付かぬお竜ではなかった。

気付かぬふりをして、文左衛門に報せ、逆に二人を安三が探った。

勝之助は、二人の武士がお浪に酒で潰された無頼浪人に違いないと思ったのだが、お浪に告げられた名に、

──そういえば、聞き覚えがある。

と、記憶を辿ったところ、あの日、川崎宿の外れで懲らしめた酔態の武士二人が所持していた道中手形に、その名があったことを思い出した。

遠州掛川の領主・太田家の臣であることははっきり覚えていたが、その名が曖《あい》昧《まい》ですぐには出てこなかったのである。

やがて、あの日、文左衛門の供をしていた安三が、借家を探っている二人の浪人を見て、

──あの時の武士だ。

と、はっきりわかったのだ。

「あの時おれに奪われた刀を、取り返しにきたのか？　生憎《あいにく》ここには持ってきておらぬぞ」

勝之助は嘲笑《あざわら》うように言った。

「その方らが、近所をうろついていることに、気がついておらぬとでも思うたか」

勝之助と安三の表での立話は、二人に聞かせるためのものであった。

惣三郎と兵之助は歯噛みして、

「刀などくれてやるわ！」

「今日こそは、あの日の借りを返してやる。覚悟いたせ」

と、口々に叫んだ。

「懲りぬ奴らやなあ。太田様からは召し放されたそうな。それで自棄になってますます悪さをしているというわけか」

「ほざくな！」

「おのれ、新たな刀の錆《さび》にしてくれるわ」

「さて、このおれに勝てるかな」

勝之助は、ニヤリと笑った。

すると、

「旦那、刀を捨ててもらいましょうか」

蔵の方から声がした。

母屋に隣接する蔵の前に、三人の男がいた。鎌鼬の藤兵衛と、その乾分の太十と按七である。

三人は、勝之助が安三と表で話している間に裏手の生垣を越えて忍び入り、さらに惣三郎と兵之助に気を取られている間に、蔵の周囲に素早く薪《たきぎ》を積んでいた。

「何故、おれが刀を捨てねばならぬ」

勝之助は相変わらず、泰然自若としている。

「刀を捨てて、蔵の中にいる女子供に、出てくるように勧めてもらいてえんですよう」

「それを断わればどうなる？」

「あっしも本意じゃあねえんですがねえ。こっちも強え旦那とやり合いたくはねえんで、表から蔵に錠を下ろして、蔵に火を付けてやろうかと思っておりやすよ」

藤兵衛は、錠を見せた。

本来、蔵は表から扉に錠を下ろすように作られているのだが、新たに内から錠を下ろせるように手を入れた。

だが、以前の鍵の取付け口も残っている。そこへ錠を下ろせば、中にいる者は出られなくなる。

その上で、積んだ薪に火を付ければ、命はあるまい。

「火を付ければ、お前の子も死んでしまうぞ。鎌鼬の藤兵衛」

「ははは、見破られておりやしたか、こいつはお見それいたしやした。だが旦那、お前さんが情を交わしたお浪が死んじまいますぜ。それでも好いんですかい？」

藤兵衛も不敵に笑った。

「ふん、妙な脅しようだな。そうしておれが刀を捨てて、お浪達が出てこられるようにした後は……、浪人者二人におれを討たせて、お前は女房子供を一度に手に入れて、のうのうと暮らすつもりか」

「何でもいいや。早く刀を捨てやがれ！」

藤兵衛が吠えた。

太十と按七が、竹筒に入れた油と思《おぼ》しきものを薪にまいた。

脅しとはいえ、己が子供がいる蔵に火をつけて焼き殺さんとは、何という非道なことであろう。

勝之助は蔵へとにじり寄った。

「まんまと誘いに乗ったな。お前らの動きはとうに読んでいたわい。たった五人で、おれ達を殺せると思うたか！」

と、怒鳴り返した。

「おれ達？　相手はお前一人だよ」

藤兵衛が勝ち誇ったように言った。

「おい！　蔵から出てこい！」

同時に勝之助が蔵に向かって叫んだ。

中ではお竜が、密かに持ち込んだ白鞘の脇差を手にして扉の前に立っていた。

そして、お浪に目で合図をした。

お浪は錠を開け、お竜が外へ飛び出すと、手はず通り再び錠を下ろし、勝太郎を抱きあげて、長持の中へと入った。

その時、既に蔵の外へ出たお竜は、瞬時に藤兵衛、太十、按七の姿を認めて、脇差を揮《ふる》っていた。

扉の右にいた太十を袈裟《けさ》に斬り、振り向きざまに按七の胴を薙《な》ぐ――。

電光石火の早業であった。

その動きに息を呑んだ藤兵衛と、背後の惣三郎、兵之助の隙を衝き、勝之助は抜き打ちに惣三郎の胴を割り、

「おのれ！」

と、刀を振り上げた兵之助の腹に深々と白刃を突き入れた。

一瞬にして四人が、その魂を地獄へ落していた。

藤兵衛はうろたえて、傍に置いてあった提灯を薪に向かって投げようとしたが、お竜が放った棒手裏剣がそれより先に、彼の右腕に突き立ち、その場に取り落した。

「畜生……！」

盗賊で鳴らした藤兵衛は、それでも生垣を跳び越えて外へ逃れようとしたが、外から太い竹竿が突き出され、藤兵衛を寮の内へと戻した。

外を見張っていた安三の一撃であった。

胸をしたたかに竿で突かれた藤兵衛は、その場に倒れ込んだ。

見上げると、お竜と勝之助が血刀を引っ提げて、藤兵衛を睨みつけていた。

「あんた達は何者なんだ。おれと手を組まねえかい。近々大きな仕事があるんだよ……。そいつをすませたら、おれは……」

その言葉が終らぬうちに、お竜は藤兵衛の腹に刃を突き刺した。

「そんな話は聞きたくないよ」

「お前が何か話すと、その数だけ人が不幸せになるのや」

勝之助が続けて刺した。

藤兵衛は、断末魔の苦しみに陥る間もなく息絶えた。

お竜は勝之助と頷き合うと、蔵へ二人で歩み寄り、

「お浪さん、もう大丈夫ですよ」

「ここを開けてんか……」

とびきり穏やかな声で告げた。

㈨

それから数日後。

お竜は、井出勝之助に付合わされて、文左衛門と共に、深川洲崎《すざき》の沖合にいた。

冬晴れの空の下、波は穏やかで、水面《みなも》はきらきらと輝いている。

空も海も青く、遠くを見つめると、その境目を見つけるのが楽しくなる。

船は釣船で、安三が艪を操っていた。

「そやけど何やなあ、安さんは何でもこなせるのやなあ、大したもんや」

勝之助は一人上機嫌で、釣糸を垂れている。

文左衛門はにこやかに付合って、釣りを楽しんでいるが、お竜は迷惑そうにして釣竿を持て余していた。

「仕立屋、もっと楽しそうにしいな。なかなか釣りをすることもないやろ」

勝之助はからかうように言った。

「ええ、なかなか釣りなんてできないですねえ。冬の海に漕ぎ出してまで……」

わたしまで誘うことはないだろうと、皮肉を込めて返したが、

「ははは、ほんまやなあ……」

相変わらずこの男には、

――何を笑ってやがるんだ。

と、苛つかされる。

寒い海に漕ぎ出してまで釣りなどしたくはない。

男は好いが、女が用を足したくなったらどうするのだ。いちいち岸へ戻してもらうのは気が引けるではないか。

どんな時でもにこやかに案内人の二人に付合ってくれる文左衛門の偉大さ、ありがたさを痛感する。

「ははは、釣りは楽しゅうござるな……」

屈託のない勝之助だが、事情を知る船の三人には、傷心を癒す一時を付合ってもらいたかったのであろう。

お竜は、お浪、勝太郎母子を密かに窺う影をいち早く感じていた。

影の正体が、飯田惣三郎、西沢兵之助で、こ奴らが藤兵衛と手を組んだことも、安三の暗躍で知れることになる。

そこで、深川木場の寮へおびき寄せて決着をつけんとしたら、敵はまんまと乗ってきたというわけだが、それから勝之助には切ない別れが待っていた。

蔵から出てきたお浪は、中に勝太郎を残して、寮内の惨状を見た。

「えらいことやった。藤兵衛はこのやくざ浪人と揉めていたみたいでな。ここで鉢合せをして殺し合いをしたのやな。おれが駆けつけた時、藤兵衛は虫の息でな。生かしておいては勝太郎のためにならんさかいに、おれが止めを刺してやったよ」

勝之助は、お浪にそう言った。

何のためにお竜が脇差を手に外へ出たのかも、お浪にはよくわからなかったし、勝之助が止めを刺すまで、ここで悪党同士が争ったというのも、真《まこと》に疑わしいことであった。

そして勝之助は、お浪と勝太郎が、鎌鼬一味との関り合いを断つために、

「骸《むくろ》の始末は任せとき、お前は何も知らんかったことにしておいたらよい」

と告げ、まず安三に手伝わせて、骸を勝太郎の見えぬところへ片付け、すぐに母子をお竜に任せて寮の船着き場から、船宿〝ゆあさ〟へ送り込んだのだ。

勝之助とお竜の無事を知ったお浪は、ほっと一息つくと、憎い藤兵衛と一味の太十、按七の死によって、勝太郎と二人生きてゆく道が開けたことを喜び、同時に切ない想いに襲われてもいた。

実は勝之助だけでなくお竜、安三なる男衆もまたとんでもなく強い人達で、悪人達を葬り去ったのではなかったか――。

そうだとすれば、子供の親は自分であったことにしておけばよいと言いつつ、

「すまぬが、おれはお前らと親子になって暮らすことはできぬ身でな。これから先は、好い男と出会うて幸せに暮らしてくれ」

と、別れの言葉を口にした、勝之助の想いはよくわかる。

勝之助は、既に文左衛門に頼んで、川越にある隠居の息がかかった呉服屋の仕立職人として、お浪を落ち着かせる段取りをしていた。

お浪は〝ゆあさ〟から船で千住の宿へと出て、そこから船を乗り換えて、昨日無事に川越へと入ったが、その際勝之助に、

「お礼の言葉もありません……」

深々と頭を下げて、

「この子に今さら父親は要りません。あたしが独りで立派に育ててみせます。父親は誰かと訊かれたら、井口竹之助というお方で、剣術修行の旅先で亡くなったと言います」

きっぱりと言った。

「ただ、ひとつだけお願いが……」

「何なりと」

勝之助は、お浪の決意に充ちた表情に触れ、もはや何も言うことはないと悟っていた。

「父親がどんな人であったかと問われたら、子供の頃江戸へ出てきた時に、お前にやさしくしてくださったお武家様に、よく似たお方でした。だから父親の顔を思い浮かべたくなったら、あのお人の顔を思い出しなさい……。勝太郎にそう言ってやってよろしゅうございますか」

と、縋るような目を向けたのだ。

「ええも悪いもあるかいな。好きなように言うてくれたらええがな……」

勝之助は込みあげる想いを笑顔の中に収め、

「これは餞《はなむけ》や……」

と、無理矢理、お浪の温かな手に二十両を握らせると、川越へ行く船を見送った。

何も知らない勝太郎は、寂しそうな顔をしていたが、大きな船で母と二人、希望に充ちた旅発ちの喜びが次第に湧いてきたか、無邪気に手を振っていた。

そんな別れがあったのを、文左衛門もお竜も、艪を漕ぐ安三も知っている。

お竜は迷惑ながらも、仲間としては、気晴らしの釣りに付合ってやるしかなかったのである。

――いっそ、勝さんも一緒に川越へ行ったらよかったのに。

その言葉が出かかったが、〝行かぬ〟と決まっている応えを、わざわざ引き出すまでもない。

勝之助は心を落ち着けんとして、釣りを続けたものの、さっぱり釣れぬので間が悪くなり、

「忘れんうちに、これを海に納めておこう」

と、釣船に積んであった二振りの刀を取り出して、そっと海に沈めた。

これは、鎌鼬一味の骸と共に、この沖合に沈めてしまった飯田惣三郎と西沢兵之助から取りあげた刀であった。

そのうちに様子を見て、そっと二人の手に戻してやろうと思っていたが、それも叶わなかった。

「まったく、あほな奴らやで……」

勝之助は、海中に沈んでゆく刀を見つめながら海に向かって手を合わせた。

「思えば藤兵衛も哀れな奴でしたねえ」

文左衛門が言った。

「まさか蔵の中にいる、お浪さんの仕立屋仲間が、武芸の達人だとは知らずに、たった五人で乗り込んで、江戸での盗みも果せぬままに、死んでしまったとは……」

船の一同は神妙に頷いた。

お竜はやがてふっと笑って、

「さんざん悪いことをしてきたというのに、血の繋がった子がいると知って、その子にお宝を残したくなった……。そんな人らしい想いを抱いたのが、運の尽き……。それが何よりも哀れですねえ」

呟くように言った。

「仕立屋……。なかなか味わい深いことを言うやないか」

勝之助が相槌を打った。

文左衛門は、お竜を嬉しそうに見た。

「勝手な思い込みとはいえ、ほんのひとかけらでも、我が子へ情をかけたのですから、地獄で閻魔《えんま》様も、少しだけ罪を軽くしてくれるかもしれませんねえ」

「ははは、御隠居はやさしいお人でござるな」

すっかり元気が戻ってきた勝之助に、お竜は心を和まされて、

――いやいや、誰よりもやさしいのは、勝さん、お前さんですよう！

胸の内で叫びつつ、父を知らずに生きてゆく勝太郎のために、彼女もまた海に向かって手を合わせた。

三、父子船《おやこぶね》

(一)

文政四年も押し詰まってきた。
師走《しわす》が迫ると、隠居の文左衛門《ぶんざえもん》は毎日のように人と会う。
「そのうちに一杯やりましょう」
春先から言い続けてきた言葉の辻褄を合わせるためである。
――年が明けてからでも好いではないか。
などと思っていると、いつまでたっても会えないものだ。
その間に、一杯やって語り合いたい人の訃報が届くことも、幾度となくあった。
文左衛門自身、老境に入っている。
隠居ながら忙しい身であるが、一杯やりましょうと告げて別れた相手とは、何としてでも暇を見つけて、年の内に会うと決めているのだ。

その日。

文左衛門が約束を果した相手は、江戸橋にある船宿〝ゆあさ〟の船頭・留蔵《とめぞう》であった。

〝地獄への案内人〟の元締という裏の顔を持つ文左衛門は、込み入った事情で使う船宿はここと決めている。

そして腕利きの船頭・留蔵が、何度も活躍してきたことは言うまでもなかろう。

〝ゆあさ〟の主・久右衛門《きゅうえもん》は、長く文左衛門の船頭を務めていたのだが、文左衛門が新たに自分の使い勝手のよい船宿を作るに際して、主人に据えたのである。

久右衛門は、侠気《おとこぎ》に溢れる文左衛門に惚れ込んでいたから、文左衛門が裏の仕事に関わっていると薄々知りながらも、余計なことは何も訊かず、言われるがままに仕事をこなしてきた。

彼がこれと選んで、文左衛門に付けた船頭が留蔵であった。

留蔵も久右衛門の意を汲んで、文左衛門には何も問わず、黙々と言われた仕事をこなしてきたのだが、

「留さん、そのうち一杯やりましょう」

「へえ、ありがとうございます」

文左衛門は何度となくこんなやり取りをしながら、まだ二人だけで酒を酌み交わしたことがなかった。

〝地獄への案内人〟は、しくじりを犯すと己が命が危なくなる裏稼業である。

〝ゆあさ〟の者達は、あくまでも何も知らない状態でなければならない。

それゆえ、あまり親しくならない方がよいのだが、一人の隠居として、贔屓《ひいき》にしている船頭の留蔵と、一度ゆっくりと飲んでみたかった。

思えば何度も顔を合わせていながら、留蔵の身上については、何も知らなかったのである。

「ご隠居様と一杯やれるなんて、畏《おそ》れ多いことでございます」

〝ゆあさ〟の客間で向かい合うと、留蔵は大いに恐縮をした。

「いやいや、今頃になってしまったのを、詫びねばならないところです」

「そんな、とんでもねえ……」

「そのうち一杯やりましょう……。ふふふ、これほど好い加減な言葉はありませんよ」

「お言葉をちょうだいするだけでも、嬉しいものでございますよ」

「前から一度、留さんに訊いておきたいことがあってねえ」

「と、申しますと？」

「先だっての〝鶴屋《つるや》〟にいる井出《いで》先生の〝隠し子騒動〟は、耳に入っているかと」

「へい。詳しくは知りませんが……」

留蔵はにこやかに頷いた。

井出勝之助《かつのすけ》が、かつて情を交わした女・お浪《なみ》と、その子・勝太郎《かつたろう》。

勝之助は、勝太郎が自分の子だとお浪に告げられ、〝我が子〟の存在に一喜一憂をしたのだが、実はお浪が盗賊・鎌鼬《かまいたち》の藤兵衛《とうべえ》に手込めにされて生まれた子だと知り、切なさを募らせた。

お浪が嘘をついたのは、藤兵衛が〝我が子〟の存在を知り、勝太郎を手許に置こうとしたからで、なんとか勝之助に守ってもらいたいがためであった。

それらの事情を知った文左衛門は、改めて勝之助と仕立屋のお竜《りゅう》に藤兵衛とその一味を地獄へ案内するように依頼した。

そうして、案内人達は藤兵衛達を人知れず、深川木場の寮で討ち果し、海へ沈めてしまった。

この時、寮への送り迎えの船頭を務めたのは留蔵であった。

文左衛門は留蔵を決して、殺しの場に立合わせたりはしない。

〝地獄への案内人〟の一味にするつもりもないし、それによる危険を背負わせたくはないからだ。

とはいえ、〝ゆあさ〟の主人・久右衛門は、文左衛門が〝込み入った人助け〟に手を染めていることはわかっている。

留蔵もまた、多少の緊張を覚えながら、文左衛門からの仕事に臨んでいたし、実にやり甲斐があると思っていた。

先だって、木場の寮へ船を出した折も、

――この度の仕事は遊山《ゆさん》などではない。

と、気を引き締めていたし、お浪と勝太郎を千住の湊《みなと》へ届けた時は、

「ご隠居様は、また好いことをなさったのに違えねえ」

と、艪《ろ》を操りながら川面に独り言《ご》ちたものだ。

それでも、余計なことは一切訊ねぬのが信条である。何も問わずに黙々と船頭を務めた。

すると帰りの船で勝之助が、

「留さん、あの勝太郎という子、おれの子やと思てたら違《ちご》うてな……」

と、安堵と落胆が入り交じった調子で話しかけてきた。

そんな込み入った話を自分にしてくれることが嬉しくて、深く事情は訊かぬままに、

「手前に子がいると思うと、落ち着かねえものですからねえ」

ふっとそんな言葉を返していた。

勝之助はただ相槌を打っていたが、

「留蔵殿にも、そんな昔があったのかと、後で思うと気になりましてな」

と、文左衛門に告げていた。

「まあそれで、そういえば留さんと、そんな話をしたことがなかった、ちょっと訊いてみたいと思いましてねえ」

文左衛門は、留蔵に酒を注いでやりながら、問いかけた。

「こいつはくだらねえことを言っちめえやした……」

留蔵は頭を掻いた。

「あんまり恰好の好い話じゃあございませんで……。久右衛門の旦那には、一通りお話しいたしやしたが……」

「こんな話は、留さんから直《じか》に聞きたいんだよ」

文左衛門にそう言われると、留蔵は嬉しくなってきた。

井出勝之助が、ぽつりと言った言葉を覚えていてくれて、わざわざそれを文左衛門に話した。そして文左衛門は、自分のために一席設けて聞いてやろうというのであるからありがたいではないか。

「ご隠居様はおやさしいお方でございますねえ。本当のところは、あっしも誰か頼りになる人に、話を聞いてもらいてえところだったんでございます……」

酒に心も体もほぐれて、留蔵は幸せそうな表情となった。

「そうでしたか。それは何よりだ……」

文左衛門は、また酒を注いで相好《そうごう》を崩した。

留蔵は盃を押し戴いて、

「あっしが、前に勤めていた船宿をやめちまって、荒れた暮らしをしていたところを、久右衛門の旦那に拾ってもらったってえのは、ご存知でございますよねえ」

「ええ、それは聞いております」

「その、荒れた暮らしをしていた理由《わけ》というのが、真《まこと》にお恥ずかしい話でございまして……」

㈡

留蔵は、親の代からの船頭で、若い頃は〝川崎屋《かわさきや》〟という船宿で、腕利きの船頭として鳴らした。

〝川崎屋〟の女将《おかみ》は、水茶屋の茶立女《ちゃたておんな》あがりで、大店《おおだな》の主人に見初《みそ》められて、落籍《ひか》された後、この船宿を任せられた。

旦那は自分の女に船宿をさせるに当って、腕の好い船頭を揃えるだけでなく、女中も気が利いて美しい者を選んだ。

その中でも、お仙《せん》という女中は男好きのする女で、気転も利いて客からの評判もよかった。

腕の好い船頭と、気が利く女中――。

これが揃っていれば、船宿が繁盛するのは当然の成り行きで、開店してすぐに、〝川崎屋〟は、人の知るところとなった。

留蔵を贔屓にする客も着実に増え、彼の暮らしは充実する。

やがて、お仙と好い仲になった。

留蔵は得意となり、折を見て、主人に願い出て、お仙と所帯を持とうと思った。

ところが、お仙の方にはそんな気はなかった。

お仙は留蔵との仲を深める一方で、〝川崎屋〟の金主である旦那を見事に籠絡《ろうらく》していたのである。

水茶屋の茶立女あがりの女将は、なかなかに好い女であるが、苦労人とは思えぬ我の強さと癇癖《かんぺき》の持ち主で、奉公人達からの評判は悪かった。

旦那の方も持て余し始めていて、その辺りの心の動きを巧みに捉えたお仙は、

「女将さんに疎《うと》まれておりますので、お暇をちょうだいしとうございます……」

ある日、旦那にそのように願い出た。

〝川崎屋〟としては、お仙に今辞められると、代わりは見つからない。

金主の旦那は、商売には厳しく、

「お前が出ていくことはない」

と、あっさり女将をお仙にすげ替えてしまった。

その場はちょっとした修羅場になったが、金主の後ろ楯を失ってしまえば、ただの癇性病みの女である。

奉公人は、お仙の手練手管には舌を巻いたが、癇性病みにこのまま使われるよりは、そつのないお仙が女将になってくれる方がよいと割り切って、誰もが知らぬ顔をした。

こうしてお仙は、まんまと〝川崎屋〟の女将に直ったのだが、愕然としたのは留蔵であった。

人に知られ仲を裂かれてはいけないと思い、そっと逢瀬を重ねてきたので、二人がわりない仲でいることに、周りの者達は殆《ほとん》ど気付いていなかった。

それゆえに、お仙が密かに金主の旦那と通じていたことが明らかになっても、誰も留蔵を気遣わなかった。

留蔵は、お仙の心変わりを察せぬままにいたので、お仙が新たに〝川崎屋〟の女将になると知った時も、ただお仙の接客の上手さが買われてのことなのであろうと思っていた。

「おいおい留さん、何を言っているんだよ。お仙が旦那を寝取って、女将に直ったんだよ……」

と、船頭仲間に言われて初めて気付いたのであった。

そういえば、この二月《ふたつき》ほどは、あれやこれやと理由をつけて、お仙は留蔵と会おうとしなかった。

しかし、それもお仙に考えがあってのことだと留蔵は思い込んでいたのだ。

留蔵は衝撃を受けながらも、

――これは何かの間違いだ。

と、依然信じられなかった。

律儀な性分の留蔵は、皆に隠れてお仙と好い仲になっていたとは今さら言えず、隙を衝《つ》いてそっとお仙に問い質《ただ》した。

「留さん、お前と夫婦約束をしたわけでもなし、もうとっくに切れていたはずだよ」

留蔵に対してお仙は実に素っ気なかった。

「今のあたしには旦那がいるんだ。これまでのことは忘れておくれな」

そういうと、お仙は十両の金を留蔵に握らせようとした。

「こんなものをせびりにきたんじゃあねえや……」

留蔵はそう言って拒んだが、

「おや、十両じゃあ不足というのかい。あれこれ言い立てて金にしようというのなら、とんだお門違いだよ」

お仙はそう突き放して、無理矢理留蔵の手に十両を握らせた。

妙に温かなお仙の手が留蔵の手を取り、すぐに放れた時、留蔵は女との別れを受け留めた。

「お前が手切れ金をおれに渡して、気が落ち着くというのなら、もらってやるよう。心配するねえ。もうお前の前には、二度と面ァ出さねえよ」

留蔵はそのままお仙と別れ、〝川崎屋〟からも出ていった。

今思い出しても、何故十両を受け取ってしまったのかわからない。

だがその時は、それでも尚、お仙に未練が残っていた。

金持ちの旦那をうまくたらし込めなかった時は、腕の好い船頭の女房となり、亭主の尻を叩いて稼がせた金で、小商いでもしてそこから成り上がってやろう——。

お仙にとって留蔵は、〝備えの男〟であったに過ぎなかったのだ。

そうと知りつつ、お仙の、体に吸いつくようなふくよかな肌の温もりが忘れられず、留蔵の心を乱していた。

——ふん、おれは十両もらって引き下がるような男だ。もう船宿の前を通れねえや。

という絶望に浸ることでお仙を忘れようとしたのであった。

とはいえ、留蔵は失恋の痛手から立ち直れなかった。

十両の金はすぐに使い切ってやろうと、酒、女、博奕《ばくち》に溺れていった。

悪所にいれば、そこでよからぬ連中とも知り合う。

十両の金などすぐに底をついて、まともな仕事に戻る気も失《う》せて、やくざ者から怪し気な荷を運ぶ船頭を頼まれたりすると、高い手間賃で引き受けた。

そしてその金で、飲んだくれるのだ。

飲むだけ飲んで、暴れるだけ暴れ回っていると気が晴れたが、風の便りに〝川崎屋〟のお仙が子を産んだと知る。

とっくに忘れた女のつもりであったが、留蔵は気になった。

金主の旦那は老人で、お仙が子を産んだ頃を考えると、

――もしや、おれの子ではないか。

そう思えてならなかったのである。

それでも、たとえ自分の子であったからといって、どうなるものでもない。

お仙は旦那の手前、何がなんでも旦那から授かった子だと言い張るに違いない。

女に裏切られた上に、それを気に病んで自棄《やけ》になって暮らしている自分のよう

な男が、人の親になどなってはいけないのだ。

留蔵は自分にそう言い聞かせた。

そのような物の考え方が出来るだけの分別が、まだ留蔵にはあったのだ。

しかし、留蔵の心に立ち込めた靄《もや》は晴れない。

ますます空しさが募り、荒れた暮らしから脱け出せずにいた。

そんな時に出会ったのが、〝ゆあさ〟の主・久右衛門であった。

久右衛門は、自身も船頭をしていたので、予々《かねがね》留蔵の腕を認めていた。

町ですれ違えば、言葉を交わすくらいの仲であったので、近頃見かけなくなった彼を気にかけていた。

それで〝川崎屋〟の様子を窺えば、留蔵は船宿を出て、荒《すさ》んだ暮らしを送っているらしい。

このところは、鉄砲洲界隈にいて、闇の船頭などをしているという。

久右衛門は留蔵の人となりを知っているので、これには深い理由があると思った。

人に話せば心もほぐれて正気に戻ることもある。

船頭であった自分になら心を開くかもしれない。その時は〝ゆあさ〟に連れ帰り、堅気《かたぎ》の船頭としてもう一度やり直してもらいたいと思ったのだ。

文左衛門が見込んだ久右衛門である。義侠心があり、世話好きなのはよく似ている。

船宿の男衆に当らせて、留蔵がこのところよく出入りしているという酒場を見つけ、何度か足を運ぶと、果して酔いどれた留蔵に出会った。

鯔背《いなせ》で、いつも颯爽《さつそう》として艪《ろ》を操っていた男が、鉛色の顔に無精髭を生やし、着崩れた単衣《ひとえ》は垢染みている。

声をかけようとしたら、店の酔客二人が、

「おい、留蔵……。銭が入ったみてえだな」

「今日はおごれよ……」

と、まとわりついた。

「すまねえが、ちょいとこの人に話があってねえ。こいつで一杯やってくんなよ」

久右衛門は酔客二人の前に心付を置いた。

「旦那……」

留蔵は俄《にわか》に現れた久右衛門を見て、目を丸くした。

「捜したよ。留さん……」

「あっしを……」

久右衛門にやさしく声をかけられ、留蔵は思わず涙ぐんだ。

〝川崎屋〟から消えてしまった自分を、今まで誰一人として捜したりしなかった。それを、さほど親しかったわけでもない、〝ゆあさ〟の旦那が覚えていてくれて、わざわざ足を運んでくれたとは――。

自棄になり、いじけていた心も、あっという間にほぐれていた。

「おいおい旦那、もうちょいと色をつけてくんなよ」

「おれ達は、留蔵にもっと豪儀におごってもらうつもりなのさ」

そこへ、酔客二人が絡んできた。

「二人で十分飲めるだけの銭を包んだつもりだがねえ……」

久右衛門のやさしい顔が、きゅっと引き締まった。

こっちの好意に、どこまでもつけ上がる奴はいるものだ。久右衛門はこういう連中が堪らなく嫌いなのだ。

「旦那、こいつらに構うことはありやせん。ここを出ましょう」

留蔵は正気に戻って、久右衛門を気遣った。こんな人らしい気持ちになったのは久しぶりであった。

たった一声かけるだけで、人はこうも変わるものであろうか。

声をかけた久右衛門も、かけられた留蔵も、内心驚いていた。

だが収まらないのは酔客二人であった。

理不尽な言い草も、酒が入ると至極まっとうな理屈になるらしい。

「留蔵、手前、こいつらとは何だ」

「構うことはないとは何だ」

酒場の外へ出る、留蔵と久右衛門を追ってきて、一人が久右衛門の腕を取った。

「男の利き腕を取って、どうしようってえんだよう」

その頃の久右衛門は、まだ三十を過ぎたくらいで、今よりはるかに血の気が多かった。

相手の手をさっと払いのけると、その奴の頬に張り手をくれた。

船頭で鍛えた腕っ節である。張られた男は後ろに飛ばされて放心した。

連れの一人はあんぐりと口を開けたまま、久右衛門を見ていたが、

「さっきの銭で、大人しく飲んでいやがれ!」

一喝されて、

「へ、へい……」

倒れた男を抱き起こし、店へと戻った。

こうなると、留蔵はますます久右衛門に畏れ入り、

「留さん、いってえ何があったか、おれに話しておくれな」

やさしく言われると、

「旦那……、面目もございません……」

それから、留蔵はお仙とのことを打ち明け、己がだらしなさ、弱さを嘆いたものだ。

「男ってえのは、こうなると弱えものさ」

久右衛門は、誰でも同じ目に遭えば自棄にもなろうと理解を示し、

「お仙が産んだ子は、きっと留さんの子なんだろうよ。いつかその子が気付いた時に、お前は腕利きの船頭でいねえとなあ……」

さらりと諭して、

「へへへ、説教するつもりじゃあねえよ。うちの船宿にも、腕利きの船頭がまだまだ足りねえんだ。だからよう、留さんにきてもらいてえから、利いた風なことを言ったのさ。なあ、きてくんなよ」

と、留蔵を〝ゆあさ〟に誘い、連れ帰ったのであった。

㈢

「留さんが一時、荒んだ暮らしを送っていたとは聞きましたが、そんなことがあったのですねえ……」

話を聞いて、文左衛門は嘆息した。

「〝ゆあさ〟の久さんも、話してくれたらよかったのに……」

「いえ、わざわざお話しするようなことでもねえと、思われたのでしょう。それに、旦那も照れくさかったのに違いございません」

「なるほど、それはよくわかる……」

文左衛門は、ふっと笑った。

鉄砲洲の酒場に乗り込み、酔客を叩き伏せて留蔵を連れ帰った――。

留蔵が語る久右衛門は、やたらと恰好が好い。

義侠、お節介、人助け……。まるで、文左衛門の真似をしているようで、恥ずかしくて言えなかったのは頷ける。

「それで留さんは、井出先生に、〝手前に子がいると思うと、落ち着かねえものですからねえ〟などと……」

「へい、思わず口をついてしめえやした」

「その子はやはり、留さんの子なんだろうね」

「さあ、それは……」

留蔵は苦笑いを浮かべたが、

「十中八九、あっしの子でございましょう」

やがて、きっぱりと告げた。

〝川崎屋〟の金主は、お仙と留蔵が深い仲であった事実は知らないし、留蔵がどんな船頭であったかもよく覚えていない。

お仙は手練手管で、

「旦那様の子でございますよ……。でも、ご迷惑がかかってもいけませんので、そのことは世の中には伏せております」

などと言い繕ったようだ。

そのうちに旦那は亡くなってしまい、お仙は旦那を騙し続ける面倒もなくなった。

そして、お仙は留蔵を知る奉公人達に次々と暇を出し、以前の女将の色を払拭した。

房太郎《ふさたろう》と名付けられた子が、留蔵に似ていると、やがて気付く者が出てくるのを恐れたのだ。

「留さんは、その子の顔を見に行ったのですかな」

「へい。二度と寄り付かねえでおこうと思ったものの、やはり気になりましてねえ……」

房太郎が五つになった年に、そっと様子を窺ってみたところ、

「これは、あっしの子に違えねえと……」

「親が自分の子を見間違うはずはありませんからねえ」

「だからといって、余計な真似をすれば、房太郎も戸惑うだろうし、話を聞けば、お仙は倅《せがれ》を随分とかわいがっているとか……」

留蔵は、そっと見るに止めた。

自分の血を分けた、自分によく似た子が、同じ江戸で息をして、日々大きくなっていく。

それが何とも嬉しかったが、十両もらって手が切れていたのだ。

この先どうなるものでもないし、姿を見れば声もかけたくなるだろうし、元気で何不自由なく暮らしているのならいうことはない。

これで見収めにしておこう。いつか房太郎が、自分の本当の父親が誰か気付いて、会いたいと思えばそっと訪ねてくれるであろう。

自分は誰にも引けをとらない船頭として、その日を迎えたらよいのだ。

留蔵は自分に言い聞かせたのであった。

文左衛門は身を乗り出して、

「だが、近頃、その子を見かけたのですね」

「へい……」

「誰か頼りになる人に、話を聞いてもらいたいと思っていたところだと言ったのは、それですな」

「ご隠居様には敵わねえや……」

「頼りになる人と見込まれたのですからな。しっかりと聞かしてもらおうではありませんか」

文左衛門は、また酒を注いでやり、しっかりと胸を叩いてみせたのであった。

(四)

浅草今戸の船宿〝川崎屋〟に、やくざな女と、その用心棒らしき男がやってきた。

二人は客ではない。

「ちょいと房太郎さんに会いたいんですがねえ……」

女将・お仙の息子の房太郎を訪ねてきたのである。

このやくざな女は、仕立屋のお竜である。髪は馬の尻尾、広袖の半纏《はんてん》を引っかけ、懐手《ふところで》をしている姿は、なかなかの貫禄である。

となると、付き添う用心棒は、井出勝之助であるのはいうまでもない。

こちらは鼠木綿《ねずみもめん》の縞柄を着流して、紅を下染めした黒紅の羽織に、細身の刀を落し差し。

浪人者にしたら、実に垢抜けがしていて、いかにも勝之助らしい遊び心が窺われる。

〝ゆあさ〟の船頭・留蔵は、房太郎が自分の子であると確信しつつ、そっと見守るに止め、長くその姿を見ていなかった。

ところが、勝之助の〝隠し子騒動〟が起こる少し前に、偶然に本所石原町《いしわらちょう》の船着き場で、房太郎を見かけた。

今はもう十八になっているので、すっかりと大人に成長していたが、周りの者から、

「房太郎」

「房……」

などと呼ばれている若者の姿形を見ると、正しく我が子と知れた。

だがその様子は、どう見ても堅気とは思えなかった。

会わぬと心に決めた子ではあるが、やくざな暮らしをしているのなら放ってはおけなかった。

どうすればよいか思案しているうちに、勝之助の騒ぎが起こり、ふと船の上で漏らした言葉を文左衛門が気にかけて、酒席を設けてくれた。

留蔵は文左衛門に、房太郎への不安を打ち明け、さっそく文左衛門は、お竜と勝之助を密かに動かしたというわけだ。

日頃、何かと世話になっている留蔵のことである。二人共に心を打たれて、す

ぐに探りを入れに〝川崎屋〟に向かったのだ。

お竜が応対に出た女中に凄みを利かすと、女将のお仙がすぐに出てきた。

お仙は、二人を客間に通すと、

「房太郎が何かやらかしたとでも……？」

探るような目を向けてきた。

その様子から察すると、房太郎は以前からぐれていたと思われる。

とはいえ、お仙に動揺は見られなかった。

四十になろうかというのに、お仙の容色は衰えておらず、艶《あで》やかな色香に覆われている。

だが、目や口許に立つ険はごまかせない。

金主であった旦那が死んだ後、この船宿は自分のものになったが、後ろ楯を失うと、何もかも己が力で切り盛りしなければならない。

女の身で子を抱え、船宿を守っていくためには、色々と手練手管が要《い》ったのであろう。

歳をとれば、色気で切り抜ける力も弱まるものだ。その分、悪智恵を駆使してここまできたのに違いない。

お仙の顔にはその跡が、隠しようもなく浮き出ているのだ。

今の彼女にとっては、やくざな男女がつるんでやって来ることなど、さして珍しくもないようで、お竜と勝之助を前にして、お仙は平然としていた。

房太郎がぐれるのも無理はない。

船宿に漂う匂いでそう思われた。

「こちらの若旦那が何かやらかしたといやあ、毎日何かやらかしていますよ……」

お竜は静かに言った。

房太郎の日常など知らなかった。

〝川崎屋〟へは、房太郎の居処を探りに来たのだが、まず鎌をかけて、お仙の母親としての出方を見極めんとしたのである。

「なるほど……。ふふふ、そいつはお前さんの言う通りなんだろうね」

お仙は乾いた笑いを放つと、煙管《きせる》に火をつけた。

お竜も銀の煙管を取り出すと、傍に置かれていた煙草盆を引き寄せて、

「ちょいと若旦那の居処を知りたいだけなんですよう」

と、一服つけた。

「お見かけしたところ、こちらにはいないようなんでね」

「会ってどうしようというんだい？」

「なに、ちょいと聞きたいことがありましてねえ」

「ただそれだけさ。お前さんにどうしてくれという話ではねえんだよう」

勝之助が続けた。

上方訛《なま》りは封印して、やくざな浪人を巧みに演じていた。

「お察しの通り、ここにはいないよ。帰ってくるあてもないってところで……」

お仙は白い煙と共に、吐き捨てた。

「そんなら、女将さんは、居処も知らないと……？」

お竜も煙草をくゆらせる。

「知らないねえ。勝手にお捜しよ。言っておくけどねえ、あたしはあの子の尻拭いはしないよ。だから、もうここへは二度とこないでおくれな」

「承知しました……。端《はな》から女将さんにたかりにきたわけじゃあございませんよ。おおきにおやかましゅうございました……」

お竜は、煙草盆の吐月峰《とげっぽう》にぽんと、煙管の雁首を叩きつけると、勝之助を促して船宿を出た。

二人はどうもやり切れなかった。

留蔵が房太郎の姿を見かけたのは、〝川崎屋〟がある今戸からは、大川を挟んだ対岸の南方に位置する、本所の石原町だと聞いていた。

周りの者達から〝房太郎〟〝房〟などと呼ばれていたというから、石原町界隈でよたっているものと思われる。

端から二人で石原町へ足を運べばよかったのだが、ぐれたとはいえ、実母との間がどうなっているのか確かめておきたかった。

房太郎は十八である。

それくらいの年頃に、ちょっとした悪さをしたくなるのは、男なら誰にでも覚えはある。

船宿は、粋筋との関りが深く、密会の場に使われることも多い。

そんなところで生まれ育ったのであるから、房太郎が多少放蕩に走ったとしても不思議ではない。

肝心なのは、彼が親許にいながら、家を抜け出しては遊びに出かけているのか、家を飛び出してしまっているのかである。

前者ならかわいいものだが、親許から離れてしまっているとなれば、勘当の身であってもおかしくない。
人別から外れるようなことになれば、真っ当に生きてはいけないのだ。
留蔵の心配はそこにあった。
もう二度とお仙の前に顔は見せないと誓ってはいたが、我が子の行く末は気にかかる。
〝川崎屋〟の状況は、それとなく船頭仲間から仕入れていた。
それによると、後ろ楯を失い、金銭の援助が途絶えてしまったお仙は、船宿を
よからぬ連中に使わせたりして、時に危ない橋を渡っているらしい。
お仙は性根の据った女で、それくらいのことをやってのけるであろうが、なり
振り構わぬ仕事ぶりとなれば、色と欲が絡んでいるに違いない。
房太郎が母親の醜い姿を垣間見て、自棄を起こせば不憫である。
お仙に房太郎の居処を問うた時に、
「さて、次はいつ帰ってくることやら……」
こんな応えが返ってきたのなら、まだ救いもあろうが、いつ帰って来るか知れ
たものではない。勝手に捜せ、息子の尻拭いはしない、などと、にべもなくあし
らったところを見ると、母子の仲は既に冷えきっているのに違いない。

「仕立屋、房太郎はどうしようもない極道者になっているかもしれぬな」

「極道者になっても、勝さんみたいにやさしい男になっていりゃあ好いんですがねえ」

「お前はおれを誉めてるのか、くさしてるのか……」

「ぐれるのと、悪党になるのとは違うってことですよう」

「なるほどねえ……」

お竜と勝之助は、いつもの掛け合いも今ひとつ弾まぬまま、大川橋へと向かったのだが、その道中に、数人の男達が威嚇《いかく》するようにして、二人のあとをつけてきた。

どうやら、〝川崎屋〟に出入りしている、〝その筋〟の者達のようだ。

勝之助は溜息をついた。

「どうする？」

「相手になることもありませんよう」

「そうやな……」

二人は、こそこそと逃げ出すようにして大川橋へと急いだ。

房太郎の行方を求めているという二人が、やたらと腕が立つ男女であったと知れたら、お仙も内心穏やかではなかろう。

〝口ほどにもない小悪党〟に見せておけばよい。少しは房太郎に、戻ってきてもらいたいと思っているかもしれない。

お竜と勝之助は、そう信じたかったのだ。

男達は、嘲笑《あざわら》うように二人を見送って、追っては来なかった。

どうせ、これから本所石原町へと向かい、房太郎の行方を求めるのだ。

ここで張り切ることもなかろう。

「そやけど、あんな奴らが母親の周りをうろうろしていたら、息子はぐれるわなあ」

「でも、考えようによっちゃあ、取り巻きにおだてられて好い気にならずに、親許から出て行ったってえのは、悪くありませんよ」

「うむ、それもそうやな……。ちょっとは骨のある男かもしれぬな」

他ならぬ留蔵が気にかけている息子のことである。

二人はそうあってもらいたいと願いながら、本所へと向かった。

特に、先日はほんの一時であったが、

「おれには、血を分けた我が子がいる」

と、胸を躍らせた勝之助には、留蔵の十数年に及ぶ息子への想いが、痛いほどわかるのであった。

㈤

幕府の米蔵が建ち並ぶ〝浅草御蔵《あさくさおくら》〟から少し北へ行ったところに、〝御厩河岸《おんまやがし》〟と呼ばれる渡し場がある。

かつてこの地に幕府の厩《うまや》があったのでその名が付けられたという。

この西北に浅草寺《せんそうじ》があり、門前の盛り場に繰り出す者達にとって、ここは入り口となっていた。

大川を挟んだ御厩河岸対岸に、本所石原町は位置する。

夜になると御厩河岸には多くの夜鷹が出没する。

その女達は、石原町や、さらに東の奥の吉田町辺りから、船で渡って来るのだ。

とりたてて、色里があるわけではないが、石原町の川辺は浅草へ向かう男達の湊として、賑いをみせている。

〝川崎屋〟の近くには〝竹屋の渡し〟があるのだが、船着き場でうろうろしていて、あのやくざ者達に絡まれては面倒である。

それゆえ、お竜と井出勝之助は大川橋を渡って川端を南へ進んだのだ。

目指すは船着き場界隈である。

房太郎はまず、この辺りでよたっているのに違いない。

二人は、船着き場に着くと、傍にある掛茶屋に腰をかけた。

川から吹きくる風は冷たかったが、小半刻ばかり歩いて体が火照《ほて》っていたので心地よかった。

二人は茶を頼むと、昼下がりの町の風景を眺めながら一息ついた。

「仕立屋……」

「何です……」

「おれとお前は、こんな恰好をせんとあかんかったんかなあ」

「今さらそんなことを言うもんじゃありませんよ。何やら恥ずかしくなってくるじゃあないですか……」

勝之助は小声で話すうちにおかしくなってきたようで、笑いを押し殺している。

沈黙が続くと、何か話したくなる勝之助は、このようにお竜をからかってくる。

今日の出立ちは、二人で話し合って決めたものだ。

お竜が、男勝りのやくざな女・お辰《たつ》。

勝之助は、その用心棒・伊庭《いば》勝三郎《かつさぶろう》。

やくざ風に装う方が、ぐれた房太郎を捜すのに、かえって怪しまれないのではなかろうかと、話がまとまったのだ。

まともな町の男女が、房太郎の行方を追っていると知れたら、

「こいつらは、何者なんだ。おれにいってえ何の話があるってえんだ……」

そんな風に身構えてしまうような気がしたのだ。

やくざ風に装えば、

「どこかで会ったかい？」

「ほら、あん時一緒にいたじゃあないか」

「覚えていねえかい」

ひとまず、話が続くであろう。

だがそれにしても、お竜の〝お辰姐さん〟は出来過ぎている。

瓜実顔《うりざねがお》でなかなかの縹緻《きりよう》よしであるお竜だが、日頃は着ている物も地味で、目立たぬように暮らしているというのに、

「仕立屋、今日のお前は芝居に出てくる〃悪婆《あくば》〃みたいやな。えらいもんや」

勝之助はつい茶化したくなるのだ。

「そういう勝さんも何だい。〃お前さんにどうしてくれという話ではねえんだよう〃なんてさ。あんたの江戸前の物言いを聞いていると吹き出しそうになるよ」

お竜も、この一年ですっかりと能弁になった。

勝之助にこんな返しが出来るようになったのは、自分自身不思議で仕方がなかったが、話しているうちに馬鹿馬鹿しくなってきて、勝之助同様に笑いが込み上げてきた。

「それを言うたらあかんがな……。仕立屋、おれも恥ずかしくなってくるじゃあねえかよう……」

勝之助は、おかしな江戸前の物言いで応えると、俯《うつむ》いて笑い出した。

変装して房太郎を捜しに行こうと決めたが、いつもとはまるで違う姿で別人となった二人が、掛茶屋の長床几《ながしょうぎ》に並んで腰をかけて、船着き場の向こうに広がる大川をぼんやりと眺めている。

これまでも、二人で変装して方々に潜入したが、思えば滑稽な話ではないかと、勝之助は笑いの壺にはまってしまったのだ。

その笑いがお竜に伝染した。

やくざな女と用心棒が、下を向いて笑っている姿はさぞや不気味であろう。

それを考えると、勝之助は尚さらおかしいのだ。

幸い、周囲に人気《ひとけ》はなく、お竜は笑いが収まると、茶屋の女中に房太郎について訊ねてみようかと、茶をぐっと飲み干した。

その時であった。

「へいへい、ご開帳はあちらでございますよ……」

という若者の声が聞こえてきた。

声の主は、十七、八の威勢の好い若者であった。

たちまち、お竜と勝之助の表情が引き締まった。

若者は、この辺りの荒くれ人足達を、小博奕に案内しているところと思われる。

数人の体格の好い男達を連れて、彼は船小屋へと歩みを進めていた。

お竜と勝之助は、思わず顔を見合った。

捜す手間が省けた――。

互いの目が語っていた。

一言話す度に、少し顔を上げる癖、少ししゃくれた顎《あご》。太い眉……。

〝ゆあさ〟の船頭・留蔵に実によく似ている。

幼い頃の姿しか見ていなかった留蔵が、客をこの船着き場に送り届けた折に、はたと目に留まったというのも頷ける。

自分を鏡で見ているような不思議な心地になり、留蔵はすぐに、

――房太郎じゃあねえか。

と、思い、しばらく船の上から見ていたという。

お竜と勝之助が若者を目で追うと、船小屋から遊び人風の三十絡みの男が出て来て、

「さあさあ、入っておくんなせえ。一遊びしてやっておくんなさいな」

荒くれ達を船小屋の中へ誘うと、

「房、ご苦労だったな。こいつで一杯やってくんな」

と、小遣い銭を握らせた。

「まだ日が高えや。もう一周りしてきますよ」

房と呼ばれた若者は、もらった小遣い銭を押し戴くと、慣れた仕草で懐に収めた。

「そうかい、お前は律儀な野郎だな」

遊び人風の男は、ニヤリと笑って船小屋に消えた。

間違いない。

この若者が、留蔵の息子の房太郎である。

あの船小屋が、船人足や職人、駕籠《かご》舁き、車力《しやりき》といった連中が小博奕にいそしむ、賭場《どば》になっているらしい。

房太郎はどうやら、客引きと見張りなどをして、稼いでいると思える。

母親のお仙と仲違いをして、ここで渡世人気取りで暮らしているようだが、たくましいようにも見えるし、何やら危なかしくも見える。

お竜と勝之助は頷き合うと、茶代を置いて房太郎が向かう先へついて歩いた。

すると、船着き場から町家へ入ったところで、

「おれに何か用かい?」

房太郎は振り向きざまに言った。

こういうところは、なかなか抜け目がないようだ。

「あの船小屋は賭場かい?」

勝之助がにこやかに問うた。

「さあ、入ったことがねえんで、そいつはわかりやせんねえ」

「そうかい。賭場なら二人で、ちょいと遊ばせてもらおうと思ったんだがな」

「賭場だとしても、旦那と姐さんが遊ぶようなところじゃあねえですよう」

房太郎はそう言ってやり過ごそうとした。

歳は十八と聞いているが、話してみるとなかなかにしっかりとしている。

受け応えといい、小遣い銭をもらいつつ、すぐに遊びに行かない律儀さといい、悪ぶっているもののお竜と勝之助は房太郎に対して、親しみを覚えた。

お仙の許から離れているなら、上手く立廻って房太郎を留蔵の許に連れ帰ってやりたいが、ここは慎重に間を詰めていかないと、どのようなきっかけで、若い房太郎が心を閉ざしてしまうかわからない。

少くとも今は、留蔵に繋がる話は一切出さずにおくべきであろう。

とはいえ、せっかく言葉を交わす機会を得たのだ。何かとっかかりを作らねばなるまい。

「ほう、こいつは好いや。若いのによく気が回るじゃあねえか」

勝之助が少し持ち上げると、

「房太郎さんだねえ」

お竜が問うた。

いきなり名を問われて、房太郎は目を丸くした。

大人びた物言いをしていても、まだ十八歳のあどけなさが表情に浮かんでいた。

「今戸の船宿の息子だろ」

お竜はたたみかけた。

「お袋の廻し者かい？」

房太郎は険しい表情となり、お竜を睨みつけた。

「そんなんじゃあないよう。あんたのおっ母さんが人を雇って息子を連れ帰ろうとするかい？」

「なるほど。そうだな、姐さんの言う通りだ。うちのお袋が、そんなことまでして、おれを連れ戻そうとするはずはなかった……」

房太郎の表情が少し翳《かげ》った。

一端《いっぱし》の口を利いているようでも、家を飛び出したことには、内心寂しさと心細さを抱いているように見える。

「〝川崎屋〟には、威勢の好い息子がいて、母親に愛想をつかして家を飛び出し、一人で渡世人として立派にやっている……。そんな噂を耳にしてねえ、会ってみたいと訪ねてきたってわけさ」

お竜は、そんな風に持ちかけた。

「おれの噂を聞いて？　そいつは物好きな姐さんもいたもんだ」

そんなはずはないだろうと思いながらも、この姐さんは自分が〝川崎屋〟の息子だということも、母親がとんでもない女だということも知っている。

愛想をつかして家を飛び出し、一人で渡世人として立派にやっている……、などと言われると満更でもなく、

「で、会ってみてどうです？」

と、口許に笑みを浮かべながら、問い返した。

「ますます気に入ったねえ」

お竜はにっこりと笑った。

「おれに何をお望みだい？」

「この姐さんはなあ、近々船宿を出すつもりでいなさるんだよ」

勝之助が言った。

「それで、頼りになる若いのを、そこに迎えたいと思って、わざわざ会いにきたってわけさ」

房太郎であれば、船宿で育っているし、色んな意味で、いてくれると頼りにな

るだろう。

すぐにでも、番頭として雇いたいとの趣旨を伝えた。

「おれを船宿の番頭にねえ……」

聞けば聞くほど、好い話であるが、まだ二十歳《はたち》にもならない自分を、そんな理由で、これから出そうと思っている船宿の番頭に据えるであろうか——。

やはり疑念は拭えない。

それに、今の房太郎は、この町から出るつもりはなかった。

「ありがてえ話だが、おれみてえな者には、とても務まりませんよ。ごめんくださいまし……」

相変わらず大人びた物言いで言い置くと、すたすたと去っていった。

「こいつは攻め方を間違えたかねえ……」

お竜は嘆息したが、

「いや、いきなりこっちへ引き寄せるのは無理やで、もうちょっと様子を見てたら、何かええきっかけが見つかるやろ」

ぼちぼちかかれば好いと、勝之助はゆったりとした口調で言った。

こういう時、勝之助といると、心丈夫である。

——何とかなるさ。

という気持ちになれる。

人間には性分があって、お竜はなかなかそのようには思えない。

別段、勝之助のようになりたいとは思わないが、相棒が勝之助でよかったと、元締の文左衛門には感謝しているのだ。

「房太郎には、ここから離れとうない、何かがあるのかもしれん。それを探るとしようやないか」

それはお竜も同じ想いである。

お竜と勝之助は二手に分かれて、去っていった房太郎の立廻り先を探った。

今度は本気を出したゆえ、房太郎に気取《けど》られることはなかったのである。

㈥

「房、どうでえ近頃景気はよう」

「へい、お蔭さんで何とか暮らしております」

「三吉《さんきち》の博奕場を手伝っているのかい？」

「手伝っているってほどのもんじゃあござんせんが」

「奴は気の好い男だが、所詮《しょせん》は小《ち》っぽけな博奕で食いつないでいるだけの男だ。大きな仕事をしたけりゃあ、いつでもおれんところへこい」

「ありがとうございます。あっしなんかにまだまだ大きな仕事は務まりません、今はしっかりと目の前のことをこなしていきてえと思っております」

「うん、好い心がけだ。まあ、たまには遊びにきな」

船着き場近くの矢場の前で、房太郎は恰幅《かっぷく》の好い、俠客風の男と話している。

お竜と勝之助は、斜め向かいのそば屋の窓から格子越しにその様子を認めていた。

「あの親分が、船宿の主の源三《げんぞう》やな……」

勝之助が囁いた。

「それで、あの矢場が、房太郎の住処《すみか》ってわけだ……」

お竜も低い声で応えた。

房太郎と別れてから、お竜と勝之助は、船小屋の博奕場から出て来た荒くれ達を巧みに捉えて、房太郎のここでの日常を聞き出した。

文左衛門から預かっている金は、たっぷりとある。

博奕に負けたと思《おぼ》しき連中にちらつかせると、小粒ひとつで実によく教えてくれた。

そして小粒を握って、また船小屋へ一勝負しに戻っていくというわけだ。

思いの外に、房太郎はこの辺りでは名が知られていた。

今戸の船宿の倅であると知る者はなかったが、浅草からこの町へ流れてきて、ふらふらとしていたところ、小博奕を仕切る三吉に気に入られ、小回りの用などを務めるようになった。

その間、この辺りをうろついている若い勇み肌と喧嘩になり、その腕っ節を認められ、石原町界隈を仕切る、雁屋《かりや》源三に目をかけられたという。

〝雁屋〟というのは船宿の屋号で、源三はここを足場に処《ところ》の親分として勢いを伸ばしているそうな。

三吉は、親分乾分を持たぬ博奕打ちであるが、源三には賭場のあがりを幾らか渡し、庇護を受けているので、房太郎に目が行くのは当然の成り行きであろう。

それで、宿無しの房太郎を、自分の息がかかった矢場の二階に住まわせてやっているのだ。

房太郎も、源三が船宿の主と知り、ちょっとした縁を覚えたのかもしれない。

その好意に甘えながら、三吉の用をこなし、矢場の用心棒をも務めているらしい。

「勝さん、あたしが近々船宿を出すなんて方便は使わない方がよかったかねえ……」

それらの話を聞いて、お竜は顔をしかめたが、

「いや、房太郎はとり立てて〝雁屋〟へ義理立てしている様子でもないような気がするなあ……」

勝之助はそのように見ていた。

やがて、源三は乾分を率いて房太郎の前から立ち去った。

すると、矢場から二十歳過ぎの女が出て来て、去り行く源三の後ろ姿に目をやりながら、

「房さん、いたのかい……」

と、声をかけた。

「いや、何か変わったことはねえかと思ってよう……」

房太郎の声が弾んだ。

「あれが矢場の女将で、お蔦《つた》……」

お竜が呟いた。

「ほう、なかなかええ女やないか」

勝之助はひとつ頷いた。

お蔦は、肌は少し浅黒いが、はっきりとした顔立ちで、小股が切れ上がった女である。

「こっちは何も変わりはないさ……」

お蔦の少し嗄《しゃが》れた声が聞こえてきた。

「そんなことより、随分と〝雁屋〟の親分に気に入られているみたいだねえ」

「気に入られているというよりも、頼りねえおれに情けをかけてくださっている
って、ところだろうよ」

「情けねえ。あの親分は、そんな甘い男じゃあないよ。いつまでもここで厄介に
なっていると、そのうち親分の身内にさせられて、義理を抱え込むことになるよ。

その覚悟はあるのかい？」

「そんなことまで考えてねえよ。ここを追い出されたら、おれはまた宿無しに逆
戻りだ。そう言わずに、ここに置いておくれよ」

「あたしが決めることじゃあないからね。ずっといてくれたって好いんだが……。

お前がちょいと心配だよ……」

お蔦は、ふっと笑って矢場の内へと入っていった。

房太郎は溜息をつくと、少しばかり切なそうな表情を浮かべた後、どこへ行くともなく歩き始めた。

勝之助は、ひとつ唸ってみせると、

「仕立屋、今日のところは一旦引き上げるとしようか」

お竜を促した。

「そうだねえ。なかなかかわいいところがあるけど、やっぱりどうも危なかしいよ」

二人はそば屋を出ると、大川端を南へ進み、両国橋を目指したのであった。

(七)

二日後。

お竜と井出勝之助は、白魚橋《しらうおばし》の袂から京橋川の落ち口に出て、〝ゆあさ〟からの迎えの船に乗った。

船頭は留蔵ではない。

文左衛門に房太郎についての悩みを打ち明けた留蔵である。

お竜と勝之助が、文左衛門の意を受けて動き始めているのではないかと、薄々勘付いていよう。

しばらくは、この二人と顔を合わさせない方が好いと、文左衛門も気遣っていたのである。

〝ゆあさ〟には、留蔵の他にも、腕の好い船頭が何人もいる。

皆一様に、留蔵を見倣《みなら》っているのか、余計なことは一切言わず、話しかけられればにこやかに応え、巧みに艪を操る――。

それゆえ、〝ゆあさ〟で船を仕立てると真に安心である。

今日は誰が来てくれるのだろうと思っていると、

「〝ゆあさ〟の旦那……」

「久右衛門殿……」

お竜と勝之助は目を丸くした。

主人自ら船頭を務めてくれたのだ。

「わたしもまだまだ若い船頭に後れはとりませんよ。たまには船を漕がねえと、口うるせえ爺ィさんになっちまいますからねえ」

久右衛門は悪戯《いたずら》っぽく笑った。

お竜と勝之助の行き先が本所石原町で、そこに留蔵の生き別れになっている息子がいると思うと、いても立ってもいられなくなったようだ。

こんなことをすると、かえって留蔵が気を揉むのではないかと心配になったが、久右衛門はわざわざ用があると言って他所《よそ》の船着き場まで出かけて、そこから船に乗ったという念の入れようであったらしい。

「そんなら、やらせていただきやしょう」

久右衛門はさすがに腕利きの船頭から、船宿の主人になった男である。

まだまだ腕は鈍《なま》っていなかった。

京橋川から楓川《もみじがわ》、日本橋から大川へと、巧みに艪を操り、本所の石原町へと船を着けた。

到着すると久右衛門は、しばし船着き場に留まって、房太郎の姿を求めた。

やがて、船小屋に数人の荒くれ達を連れた房太郎がやって来て、船着き場を横切った。

その時、お竜と勝之助は、松木立の中にいて、そっと房太郎の姿を追いかけていたが、久右衛門とは合図を交わせるように段取りをつけていた。

だが、合図を送るまでもなく、船着き場を通り過ぎた一人の若い威勢の好い男の姿を見かけた途端に、久右衛門の目が、そちらへ釘付けになったのがよくわかった。

久右衛門は、お竜と勝之助に向かってさっと手を上げると、船で石原町を離れた。

お竜と勝之助が初めて房太郎を見た時、すぐに留蔵の息子だとわかったように、久右衛門にもわざわざ確かめずとも知れたのだ。

遠目に見ても、久右衛門のやるせない表情は窺い知れた。留蔵は、

「おれがお前の親父なんだよ」

一言言って、父と子の対面を果すのを心の奥底で望んでいる。

そうさせてやりたいものだと、久右衛門は思いを新たにしたに違いない。

「さて、房太郎の身は大丈夫かな……」

勝之助は呟いた。

「房太郎は、堂々としているねえ。なかなか好い度胸だ……」

相槌を打ちつつ、お竜が応えた。

昨日、お竜と勝之助が仕入れたところでは、少し前に房太郎が喧嘩した相手が、

仕返しに来るのではないかと、真《まこと》しやかに囁かれているという。

当の房太郎は、それを知りながらも、

「くるならいつでもきやがれ」

と、臆することもなく、いつも通りに過ごしているらしい。

男をあげるためには、そういう危ない橋も何度か渡らねばならないと、度胸を決めているのか、雁屋源三の後ろ楯を頼みにしているのか、お竜と勝之助は興をそそられていたのだ。

二人は盛り場を見渡せる料理茶屋の二階座敷を借り切って、町の様子を窺った。

先日は、あまりずけずけと、あれこれ訊くのは憚《はばか》られたので、詳しい話は出来なかったが、房太郎の喧嘩は、派手なものであったようだ。

相手は、南本所一帯で近頃暴れ廻っている岩松《いわまつ》で、〝喧嘩岩《けんかいわ》〟の異名を取る凶暴な若者である。

こ奴が三人ほど取り巻きを伴い、石原町の馴染の酒場でおだをあげていたところ、居合わせた房太郎と喧嘩になった。

「表へ出やがれ！」

となって、その後は店に現れなかったというから、喧嘩の行方はよくわからな

いままに終っているみたいだが、

「あの野郎、覚えていやがれ……」

と、喚《わめ》きつつ岩松は顔を腫《は》らしながら町を出たというから、房太郎も奮闘し、痛み分けとなったのであろう。

この町では、雁屋源三が睨みを利かしているので、岩松も源三の縄張りにちょっかいを出したりはしない。

しかし、若い衆の束ねとなって、何かの折には本所界隈の親分衆に取り入って、まずその末席に名を連ねんと目論む岩松は、房太郎をこのままには出来なかった。

「あの野郎をぶっ殺してやる」

と、方々で言い立てれば、房太郎も気に入られているという雁屋源三に泣きつくに違いない。

そうすれば源三が、

「岩松、おれの家《うち》で騒ぐんじゃあねえ」

などと窘《たしな》めるはずだ。

「こいつは相すみません。親分がうるせえと仰《おつしや》るなら、あっしも黙らせていただきやすが、このままですと、あっしがあの野郎を恐れているみてえで、男が立ちやせん……」

岩松が畏れ入ってみせつつ甘えれば、

「お前の顔を立ててやろうじゃあねえか」

何か見返りを手に入れられるのではないか――。

ところが、房太郎は岩松襲来を知らされても、まったく動じていないという。

これでは岩松も、若い連中からなめられてしまう。

ひとまず房太郎を叩いておいてから、

「お騒がせいたしまして、申し訳ございませんでした……」

と、すかさず源三に詫びれば、男も立つし、源三とも近付きになれるかもしれない。

岩松はそんな智恵を働かせているらしいのだ。

「あの野郎をぶっ殺してやる」

と流した噂では、仕返しを決行するのはこの日であった。

夕方までに動きがなければ、乗り込んで房太郎を半殺しの目に遭わせてやると、岩松は動き出した。

源三が間に入る気配は、相変わらず微塵《みじん》もない。

これは、房太郎の度胸が据っているのではなく、源三にそれほど気に入られてもいなくて、大した付合いもないからかもしれない。

岩松はそのように解釈していた。

「房太郎、覚悟しやがれ……」

己が思い通りにならないことが、岩松を怒らせ、ますます彼を凶暴にしていた。

そして、お竜と勝之助は、喧嘩馬鹿達の襲来を待ち受けていた。

受けて立つ房太郎とて、岩松が気にならないわけではなかった。

〝喧嘩岩〟の名は知っていたが、そ奴を恐れて小さくなるつもりもなかった。

それで衝突したが、その時の仕返しに来るのなら受けて立とう。

半殺しの目に遭わされても、手打ちをするつもりはない。

どうやらそんな境地でいるらしいが、お竜と勝之助は、息子を案じる留蔵を思うと、房太郎を守ってやりたい。

殺しはしないだろうが、ひとつ間違えば弾みで命を落してしまうこともないとは言えないのだ。

「勝さん、きなすったようですよ……」

日が暮れてきた盛り場の通りに、数人の若い男達の姿が見えた。

いずれも、大布子《どてら》に三尺、芥子玉《けしだま》絞りの手拭いを首に巻きつけている。

先頭に立つ固太りが岩松のようだ。

連れている乾分は五人。

通りすがりの者達は、破落戸《ごろつき》の登場に道を譲ったが、

「ちょいとごめんくださいやし……」

と、源三の手前、町を荒らしに来たと思われぬようにと気遣いをみせている。

「つまるところ、がきの喧嘩というわけやな」

勝之助は、悪童の目になって、少し楽しそうに立ち上がった。

「がきなら、勝さんにお任せしますよ」

お竜も続いて立ち上がった。

「仕立屋、お前も手伝《てつど》うてや。がきでもどつかれたら痛いがな……」

「吉岡流の達人が何を言っているんですよう」

お竜と勝之助は、一旦店の外へ出た。

岩松達の一群をつけていくと、すぐに房太郎に行き合うであろう。

そうして、日はゆっくりと沈み始めたのである。

(八)

「おう、房太郎……。お前が詫びを入れるというなら、今度ばかりは許してやっても好いぜ」

「何の詫びだ。乾分の前でお前を伸《の》しちまったことかい?」

「やかましいやい! 伸しただと? たまさか酔っ払っていたおれを殴っただけじゃあねえか。好い気になるんじゃあねえや」

「好い気になんかなってねえや。強えと思った〝喧嘩岩〟が、実は弱かった。そんな野郎を伸したからって、好い気になれるはずもねえや」

「手前……。逃げ廻りやがったくせに、でけえ口を叩きやがって……」

「そりゃあよう、お前相手ならどうってこたあねえが、さすがに乾分を何人も相手には、できねえやな」

「許してやっても好いと思ったが、手前、ぶっ殺してやるぜ!」

船着き場の外れの松林の中で、房太郎は岩松とその乾分達と向き合っていた。

件《くだん》の船小屋へ客を連れていった帰りを、岩松に見つかって、連れてこられたのだ。

房太郎は逃げなかった。

岩松が自分を狙っているのはわかっていたが、誰かに泣きつくのは嫌だった。先日、岩松と喧嘩になったのは、隅で飯を食べていた房太郎に、岩松が酔って絡んできたからだ。

岩松も、まだ二十歳にならない若者で、勇み肌を気取るには、同じ年恰好の不良には、自分の力を誇示しておきたかった。

真に〝がきの喧嘩〟である。

「おい、お前、そんなところで飯など食ってねえでこっちへきねえ、飲ましてやるぜ」

岩松は兄貴風を吹かした上で、房太郎の飯に酒をかけたのだ。

房太郎は、今戸の家を飛び出して、食うや食わずの暮らしを送っていたから、飯に悪ふざけをされるのは許し難かった。

じっと睨みつけると、

「手前、何か文句があるのかい。あるなら外で聞こうじゃあねえか」

岩松が脅してきた。

ここで逃げたら、負け犬になる。

「よし、外へ行こう」

今戸を飛び出して、自棄になっていた。思い切り暴れてみたくなっていた。

それで裏路地へ行くと、

「おい、手前、謝まるなら今のうちだぜ」

岩松が勝ち誇ったように言ってきた。

――こいつは口先だけじゃあねえのか？

房太郎は、ふとそんな気がした。

さして強くない相手を叩き伏せたことで一目置かれ、言葉巧みに乾分を募り、数を恃《たの》んで喧嘩に勝ってきた――。

そんな奴はどこにでもいる。

本当は弱いのを隠すために、謝まるなら許してやる、などと貫禄を見せ、出来ることなら喧嘩は避けたいのではなかろうか。

そう思うと、岩松を殴りたくなってきた。

「おれがどうして謝まらねえといけねえんだ、この野郎！」

房太郎は叫ぶや、岩松の顔面に拳《こぶし》を見舞った。

予期せぬ攻撃に、岩松は拳をまともに食らってその場に倒れた。

彼にとって幸いしたのは、それでも乾分達が見捨てずに、房太郎に襲いかかったことだ。

房太郎は、一人を蹴り上げ、もう一人の頰げたを張ったが、多勢に無勢で痛めつけられ、逃げたのだ。

岩松が、この時のことを悔やむように、房太郎も逃げてしまった自分を悔やんでいた。

とことん喧嘩を受けて立ち、命を落すならそれまでだと、若い向こうみずな気持ちに充ちていたのである。

「よし！　まずおれ達が相手だ！」

岩松の乾分が吠えた。

岩松は口先で乾分達を操り、まず自分達で房太郎を叩き伏せてやろうという想いにさせたらしい。

――恰好をつけ過ぎたかもしれない。

相手は岩松を入れて六人。

勝ち目のない喧嘩をするのは、余りにもたわけたことだと房太郎も後悔していた。

　だが後には引けぬ。

「野郎！」

　と、乾分達がかかってくるのを気丈に迎え撃たんと覚悟を決めた時――。

「おい、無茶な喧嘩は命取りだぞ」

　そこへ、井出勝之助が割って入った。

「どこのどなたか知りやせんが、これはあっしと房太郎の喧嘩だ。引っ込んでいておくんなさい」

　岩松は俄な浪人者の登場に面食らったが、心を落ち着けて言い放った。

「あんたと房太郎の喧嘩というなら、乾分を抜きにしておやりな……」

　さらにお竜が現れた。

「ちょいと姐さん、引っ込んでいてくんなよ」

　房太郎は、自分が〝川崎屋〟の息子であることを知る、不思議な女がいきなり現れ仲裁を始めたので驚いたが、それでもやはり恰好をつけた。

「こんな馬鹿げた喧嘩を目の前にして、引っ込んでいられないよ！」

　お竜は叱責した。

しかし、岩松の乾分達は、既に頭に血が上っている。

「邪魔だ、のきやがれ！」

威勢の好い一人がお竜に迫り、脛《すね》を蹴られ、続く一人が、頬げたを張られた。

他の三人の乾分は、同様に勝之助にあしらわれて、地面に倒れ込んでいた。

「こ、これは……」

岩松は、あっという間の出来事に呆然とした。

それは房太郎も同じであったが、

「とっととすませな！」

お竜に一喝され、我に返って、

「岩松、決着をつけてやらあ！」

前へ出て足の竦《すく》んだ岩松の顔面に、あの日と同じく鉄拳を見舞った。

岩松はこの日もまた、その場に崩れ落ちた。

お竜は岩松を見下して、

「あたしはこの兄さんに用があるんだ。今度絡んできたら、殺すよ」

と、静かに言った。

(九)

お竜と井出勝之助は、それから房太郎を、料理茶屋の二階座敷に連れ帰った。

房太郎は、只者ではない二人の強さにすっかりと気圧《けお》されて、言うがままになっていた。

「こっちが勝手にしたことだ。恩に着せるつもりはないが、あんたも怪我をせずにすんだんだ。一杯くらい付合いなよ」

お竜の物言いは、房太郎にとっては実に心地よい響きで、素直に付いて来られたのである。

お竜と勝之助は、まず岩松との因縁について聞くと、

「ふふふ、岩松は虚仮威《こけおど》しの男だったってわけだね」

「そいつを確かめたおぬしは大したものだ」

房太郎の勇気を称え、酒を勧めた。

どう考えても怪しげな女と用心棒の二人連れであるが、自分の味方であるのは確かである。

そういう見極めは、子供の頃から敏《さと》かった房太郎であった。

やくざな姐さんには真心が見てとれるし、用心棒の浪人は、話してみると洒脱で、やさしさが言葉の端々に溢れている。

酒を勧められると、あの岩松を一撃で伸してやったという昂揚が、心地の好い酔いと相俟《あいま》って、胸が躍った。

そういう房太郎の心の動きを読んで、お竜と勝之助はあれこれ気遣わず、本題に入ることにした。

二人が文左衛門から受けた依頼は、房太郎の保護であり、彼が今どういう暮らしをして、何を思っているかの確認であった。

もしも、改心不能なまでに荒んでいるのであれば放置すればよい。

だが、心根が腐っていなければ、〝ゆあさ〟に連れ帰り、正業に就かせ、やがて留蔵と父子の対面を果させてやりたい。

それが文左衛門の留蔵に対する厚意であり、お節介であった。

先だっては、我が子を取り返しに来る非道な父親から子を守る役目に就いたお竜と勝之助であったが、今度はまったくその逆となったわけだ。

そして、見たところ房太郎の性根は腐っていない。だが、母親からは見捨てられている。

連れ帰る条件は揃っている。

となれば、この上は房太郎が自分の実父に対してどういう想いを抱いているか。

さらに、この町を離れたくない理由があるかどうかだ。

この点については、お竜と勝之助は既に察しがついていた。

お竜と勝之助は先にここを攻めた。

「ここは住み心地が好いのかい？」

「住み心地なんてどこも同じさ。だが、お袋と一緒にあの船宿で暮らすのは、もうごめんだねえ……」

「お袋の何が気に入らぬのだ？」

「旦那も姐さんも、〝川崎屋〟の噂くれえ聞いているんだろう」

房太郎の表情が翳った。

母子の断絶については、房太郎とて残念な想いがあるのだろう。

その屈託を、今なら酔いに任せてぶつけられるという喜びが翳った表情の向こうに窺い見える。

「お袋は、あれでなかなかしっかり者なんだ。男に頼らなくったって立派にやっていけそうなもんだ。それなのに、金持ちの旦那が死んじまったら、怪しげな男を引っ張り込んで、そいつが嫌になったら、もっと怪しげな男に近付いて、そいつを追払ってもらう……。手前の母親がそんな女だったらどうする？　誰だって逃げ出したくなるぜ」

　房太郎は吐き捨てた。

　お竜と勝之助が、いちいち相槌を打ってくれるので、少しすっきりしたようだ。

「それで、川ひとつへだてたこの町へ遊びにきたら、気に入っちまったってかい？」

「この町には、お蔦という矢場の女将がいて、すっかりと惚れてしもうたか？」

　問われて房太郎は口ごもったが、どうやらこの二人には、その辺りの事情も知れているらしい。隠すこともあるまい。

「ああ、惚れているよ、三つばかり歳が上で男勝りで、口うるさい女さ。でも、おれはすっかりと惚れちまった……」

　房太郎は、ほろ酔いの顔をますます赤くして言い切った。

「わかるよ。一目見ればわかる。矢場の女将は好い女だ」

　勝之助がニヤリと笑うと、房太郎は馴れ初めを調子よく語り始めた。

盛り場の矢場には、今戸を飛び出して石原町で遊ぶうちに、何度ともなく足を運ぶようになった。

ここは、雁屋源三が自分の情婦《いろ》にさせていた店だったが、その女が死んでしまい、誰よりもしっかり者の矢取女《やとりおんな》であるお蔦を女将に据えて店を続けさせていた。懐具合がよさそうな客に媚びず、房太郎のような、金の無い子供のような若い者に対しても接し方は変えないところが、房太郎の胸を打った。

やがて、岩松と酒場で喧嘩になり、こ奴を伸したは好いが乾分達に追われて、逃げ込んだところが矢場であった。

お蔦は、房太郎の様子を見て取って、二階の一間《ひとま》に匿《かくま》ってくれた。

翌日になって、お蔦は喧嘩の顚末《てんまつ》を知り、

「兄さん、好い度胸じゃあないか」

と、房太郎を誉めて、喧嘩の時に拵《こしら》えた傷が癒えるまでいれば好いと言ってくれた。

すると、数日後に雁屋源三がやって来て、

「お前かい？　岩松相手に大喧嘩をしたってえのは。房太郎ってえんだな。宿無しなんだろう、しばらくここに置いてやるから好きにしな。お蔦、面倒見てやれ」

と、小遣い銭までくれた。

「ふッ、あの親分がこんなことをしてくれるなんて、珍しいこともあるもんだ。あんたの度胸が買われたんだねえ」

お蔦は房太郎が寄宿するのを喜んでくれた。

房太郎は一宿一飯の恩義を果さんとして、女所帯の矢場で男衆と用心棒を兼ね、源三とお蔦の好意に報いたのであった。

「そうして暮らすうちに、女将とわりない仲になったのだな。うむ、実に羨ましい……」

勝之助は房太郎の肩を叩いてみせた。

「いや、そんな、とんでもねえ……」

房太郎は恥ずかしそうに頭《かぶり》を振ったが、矢場の前で、房太郎とお蔦が話していた様子を見ていた勝之助にはそれがわかる。

お竜の目から見ても明らかだ。

矢場の矢取女から女将になったお蔦である。人に言えぬ苦労もしてきたのに違いない。

暴れ者だが、かわいげのある房太郎の世話をするうちに情にほだされ、日頃のうさを房太郎の純真さによって癒す術《すべ》を覚えたのかもしれないと、お竜は見ていた。

「だからあんたは、この石原町からは離れないつもりなのかい?」

「お前のような好い男が、ここでやくざ者の使いっ走りをしながら、矢場の居候になっているというのは、惜しいのう」

お竜と勝之助にそう言われると、房太郎も切なくなってきた。

「へへへ、同じことを、女将に言われているよ。あたしに構わず、早く出て行けとさ」

お竜も勝之助もそれを聞けば、お蔦がどんな女か見えてきて、ほっとさせられる。

「だがよう、お袋はもうおれを見限っているし、誰が気にかけてくれるわけでもねえや。そんなら思うがままに、惚れた女の傍にいて、ずうっと守ってやりてえじゃあねえか」

つまるところ、房太郎は自分の生きる道が定まっていない。導いてくれるはずの大人達はろくでもない者ばかりである。

それゆえぐれてしまったが、ぐれたとて気兼ねしなければならない者もいない。となれば、惚れた女のために生きるのが、自分が進むべき道だと言うのである。

「お前の生き方は間違うてはおらぬ。惚れた女のために生きるのも立派な生き方じゃ。だが、お前を気にかけている者が真《まこと》、おらぬのかのう。お前の見えぬところで、お前をそっと見守っている者がいるかもしれぬではないか。その者は、きっと今のお前の姿を見れば胸を痛めるのではあるまいかのう」

勝之助は留蔵に想いを馳せた。

「おれにそんな人は……」

房太郎は、〝いない〟とは言わずに、口ごもった。

「心当りがあるんじゃあないのかい？」

お竜がすかさず問うた。

房太郎はやや沈黙した後に、

「心当りはあるさ」

ぽつりと言った。

「誰だい？」

「おれの、生みの親父だよ」

お竜と勝之助は顔を見合った。

「あんたの親父さんは、〝川崎屋〟をあんたのおっ母さんにくれた、どこかの大店の主人じゃあないのかい？」

「それは表向きの話だよ。いや、表向きでもねえや、お袋が金持ちの旦那についた嘘だよ」

「嘘……？　あんたはそれを知っていたのかい？」

「そりゃあわかるさ。表向きの親父は、おれがまだ物心つく前に死んじまっていたから、がきの頃は何も思わなかったが、お袋を見ていたら、そうじゃあねえと、そのうちに思い始めたよ」

「で、誰かわかったのかい」

「そっと調べてみたら、昔〝川崎屋〟で船頭をしていた留蔵って人だとわかったよ」

房太郎が俯いた隙に、お竜と勝之助は、また顔を見合わせた。

房太郎は知っていたのだ。

留蔵が房太郎の父親ではなかったのかと、疑っていた者は何人かいた。

留蔵とお仙は、誰にも知られずに逢瀬を重ねたつもりでも、男と女のことには、いたって敏なる者はいるものだ。

そういうところから〝知る人ぞ知る〟秘事が形成されていくのである。

「その父親を恨んでいるかい？」

「いや、生みの親父に罪はねえや。お袋は金のある男ができて、留蔵をお払い箱にしやがったのさ。おれが同じ目に遭っていたら二度と会うもんかと心に誓うだろう」

「ならばお前は、留蔵という男のことを気にかけていたのか」

「そりゃあ、手前の親だからねえ。そっと会いに行こうと思ったが、突き放されるのが恐くて、行けなかったのさ」

「きっと向こうも、あんたに会いたがっているさ」

「そうだろうか……。だが、話したこともねえ相手だよ。お袋のせいで他人になっちまった。この上、何も話すことはねえのさ」

房太郎は、しばし押し黙って酒を呷《あお》ると、

「姐さん、旦那、おれを船宿に誘ってくれた上に、危ねえところを助けてくれてかっちけねえ。世話になりやしたね。この恩義は忘れずに借りておくよ。船宿ができたら矢場に報《しら》せておくれな。きっと祝いに行かせてもらうよ……」

話すうちに激情を抑えられなくなってきたらしい。

房太郎は、ぺこりと頭を下げると、料理茶屋から飛び出すように去っていった。

お竜は何か言おうとしたが、勝之助がそれを手を掲げて制し、

「十七、八の頃は、迷うてばかりで腹が立ってきて、己を抑えられへん時があるもんや。偉そうなことを言うてもまだ子供や、誰かに甘えていたい……。それが今の房太郎には、矢場の女将やねんやろうなあ」

つくづくと言った。

「なるほど、男というのはそんなものなんですねえ」

お竜は感じ入ったが、すぐに勝之助と頷き合って、

「さて、あたしらも出直すとするかい」

「ああ、ひとまず戻って、御隠居に相談しよう」

「それがいいねえ」

「房太郎が留さんを気にかけていた……」

「何よりの土産《みやげ》話だね」

この先、房太郎をどうして連れ戻すかを考えねばなるまいが、今はまず房太郎の父親への慕情が確かめられたことが何よりであった。

——留さん、お前さんがそっと我が子を見に行ったように、息子の方も留さんをそっと見に行こうとしていたようですよ。よかったたねえ。

お竜はこの日もまた勝之助と、大川端を南へ、両国橋へと向かった。

人を幸せにすることが、何よりの幸せではないか——。

以前、勝之助が照れながら言った言葉が思い出されて、〝悪婆〟姿のお竜の胸を、娘のように躍らせていた。

四、船出

(一)

お竜《りゅう》と井出《いで》勝之助《かつのすけ》からの報せ《しら》を受けた隠居の文左衛門《ぶんざえもん》が、じっとしていられるはずはなかった。

「留《とめ》さん、好い報せだよ。お前さんの息子はねえ、船頭の留蔵《とめぞう》が自分の父親だと知っているそうな。それでいて、まったく恨んではいないし、心の底では会いたいと思っていたらしい……」

船宿〝ゆあさ〟へ出向いて留蔵を呼び出すや、一息に伝えたのであった。

「房太郎《ふさたろう》が、あっしに、会いたいと思っている……」

留蔵は、たちまち涙目になった。

「そうですよ。お互いに、会いたいと思いながら、長い歳月がたってしまったんですねえ……」

文左衛門は、まず留蔵を喜ばせておいてから、房太郎の現状について語り聞かせた。

本来ならば、お竜と勝之助の口から話す方が、より鮮明に房太郎の姿が浮かびあがるというものだが、ひとまずそれは避けた。

留蔵の頭の中では、

「きっと仕立屋の姐さんと、〝鶴屋《つるや》〟の先生が動いてくれたのに違えねえ……」

と、わかっているであろうが、文左衛門の闇の仕事に二人が携わっていることについては、知らぬのが立前である。

あくまでも、文左衛門の口から伝えるに止《とど》めたが、留蔵が声を弾ませる様子を見ていると、義侠心に富む隠居は、自分もまた嬉しくて興奮を禁じ得ない。

「その、岩松《いわまつ》という若いのとやり合ったってえのは、なかなかに度胸のある男になってくれたものでございます」

おまけに義理人情には厚いとなれば、ぐれはしたものの、これから立ち直って、少しは人に好かれる男になれるかもしれない。

房太郎が自分に会いたいと思ってくれているなら、この先が楽しみだ。

「それがわかっただけで、もう何も言うことはございません。この先は、もう何もかもご隠居様と久右衛門《きゆうえもん》の旦那に、お任せいたしますで、ございます……」

留蔵は、喜びに取り乱して頭を下げたが、

「ひとつだけ気になりますのが、石原町の雁屋源三《かりやげんぞう》でございます。今のお話を聞くかぎりでは、房太郎に目をかけてくれているような……。だが、久右衛門の旦那もあっしも、源三については、好い噂を聞いておりませんので、そこに義理を絡めねえ方が好いんじゃあねえかと、ちょいとばかり心配でございます」

その不安だけを告げたのである。

留蔵と別れた文左衛門は早速、お竜と勝之助を〝鶴屋〟の裏手にある隠宅に呼び出した。

「この上は、何としてでも房太郎を、こっちに連れ帰らねばなりませんな」

文左衛門は、まずその指針を示した上で、

「矢場の女将との仲をどうするか……、それが難しい」

と、嘆息した。

留蔵には、房太郎について一通り話したが、お蔦《つた》に惚れ抜いていることは、まだ伝えていなかった。

文左衛門自身、若い時にお花《はな》という板橋の宿場女郎に恋をして、足抜けを企んだ末にお花を死なせてしまうという苦い思い出がある。

若い頃は、後で考えてみれば、

「どうしてあんなことをしてしまったのだろう」

と、悔んでも悔みきれないしくじりを犯してしまうものだ。

お竜にしても、勝之助にしても、色恋絡みで、手痛い目に遭って今がある。

悪を屠《ほふ》り、弱きを助けるこの三人がついているのだ。

房太郎には、一生心に傷が残るようなしくじりを犯させてはならない。

それだけに悩ましいところだ。

「お蔦という女は……」

二十歳を少し過ぎたくらいで、矢場の女将に推されたのだ。一筋縄ではいかぬ女に違いない。

一時の気まぐれで、純な若い男に肩入れをしただけなのか、房太郎の想いにしっかりと応えて、危ない恋路を貫かんと想いを募らせているのか。

文左衛門はそこが気になった。

「先生はどう見ました？」

お竜が勝之助に問うた。

勝之助は、石原町に探索に入った時、お蔦の矢場で少し遊んで様子を見ていた。房太郎が外に出ている隙を衝《つ》いて、楊弓を楽しんだのだが、その折にさりげなくお蔦と言葉を交わした。

勝之助のことであるから、女達からは〝好いたらしいお人〟に映った。

それゆえお蔦との話も弾んだ。

「あれこれ話してみると、嫌な女ではなかった。色んな苦労が影を落してはいるが、情のある女やとおれは思うな」

お竜も同じ想いであった。

勝之助のように、直に言葉を交わしたわけではないが、様子を窺うと悪い女には見えなかった。

房太郎と話しているお蔦からは、惚れた男と一緒にいる喜びと、先行きが見えぬ切なさが放たれていた。

房太郎がお蔦を、何とかしてやりたいと思うように、お蔦も房太郎を好きであるからこそ、いつか房太郎とは別れないといけないと考えているようだ。

矢場の女将といっても、矢取女あがり。

苦界《がい》に沈んだ過去の濁りは、今さら清められない。

歳も下で、先行きに望みのある男を、自分のためにやくざな道に引き入れてしまってはいけない。

そうだといって今すぐに別れられないのが女の弱みである。

房太郎は、お蔦の気持ちがわかるゆえに、女が健気《けなげ》で、

「おれが何とかして、お前を幸せにしてみせる」

という意思が充ちてくるのだ。

文左衛門は、そういう二人であるならば、

「何とか添わしてあげたいものですな……」

と思えてくる。

お竜と勝之助も同じ想いだ。留蔵とてそう思うであろう。

しかし、お蔦は雁屋源三の身内といえる。

矢取女から女将を任されたが、矢取女の時の借金は消えたわけではなかろう。

房太郎を石原町から連れ出すのは、さして難しくないが、お蔦も一緒にとなると、一筋縄ではいくまい。

「その辺りの事情をさらに探って、心してかからないと、房太郎は心を閉ざして

しまうかもしれませんからな」

文左衛門は、慎重にことを進めねばなるまいと、思い入れをした後、

「もうひとつ気になるのは、〝川崎屋《かわさきや》〟の女将です」

と、表情を硬くした。

お竜と勝之助が訪ねた時、お仙《せん》は房太郎の行方など知らないと素っ気なく応え、

「勝手にお捜しよ。言っておくけどねえ、あたしはあの子の尻拭いはしないよ」

と、吐き捨てた。

さらに、船宿を出たお竜と勝之助を威嚇《いかく》するように、怪しげな男達がまとわりついてきた。

つまり〝川崎屋〟も何らかの闇を抱えているといえよう。

お仙は房太郎を見限っているようだが、母親の想いは複雑である。

もう二度とここへは来ないでくれと、お竜と勝之助を撥ね付けはしたが、本当のところは気になっていて、よからぬ連中に頼んで、房太郎を捜していると考えられなくもない。

とはいえ、そのよからぬ連中が何を企んでいるのかは疑わしいものだ。

房太郎が〝川崎屋〟へ戻ってきて、そ奴らが得をするかどうかは、わからない

からだ。

「房太郎がいない方が、実は都合が好いことも、あるかもしれませんからな」

真っ直ぐな汚れなき情もあれば、歪《ゆが》んだ情もある。

それらがこの先、どのように房太郎にのしかかってくるか――。

「その辺りに気遣いながら、何としても房太郎を留さんに会わせて、道を踏み外さぬようにしてあげましょう。わたしの方も、〝川崎屋〟の様子を調べておきましょう」

一刻も早く、留蔵と房太郎の対面が叶い、父子にこれからの幸せが訪れたら、自分にとってどれだけ励みになるかと、文左衛門は真剣に思っている。

お竜は、しっかりと頷きながら、

――このお人もまた、人を幸せにすることが、自分にとっての何よりの幸せだと思っている。

再び勝之助の言葉が思い出されて、

「この二人に囲まれていると、それだけで幸せになれるのだ！」

その想いを確かなものとしつつ、気合を入れ直すのであった。

(二)

その頃、房太郎はお蔦といた。

昼前の矢場に客はなく、奥の一間で茶を飲みながら、己が夢を語っていたのだ。

「女将、おれはよう、いつまでもこんな暮らしを送っちゃあいねえよ」

「ああ、そうあってもらいたいもんだね。だが、何か危ないことに手を出して、男を上げるつもりならよしにしなよ」

「そんなんじゃあねえや」

「どうするつもりだい？」

「そのうちこの町を出て、まともな仕事に就くんだよ」

「そいつは何よりだ」

お蔦は小さく笑ったが、目は空ろなままである。

「おい、おれは本気で言っているんだぜ」

「ふざけて言ってるとは思ってないさ」

「そんなら何が言いてえんだよ」

「そりゃあ……、お前がここを出て行くのは好いが、ちょいと寂しくなるじゃあないか」

「お前は、おれがここと縁を切って出て行くと思っているのかい」

「当り前じゃあないか。ここを出てまともな仕事に就いて、それで一旗あげて、あたしを迎えにくるとでもいうのかい」

「ああ、その通りだ」

「馬鹿馬鹿しい」

「何が馬鹿馬鹿しいんだよう。お前は、おれが太平楽を言っていると、思っているのかい？」

「いや、房さんだったら、その気になったら何だってできるさ」

「ああ、きっとやり遂げてやるよ」

「せっかくやり遂げたってえのに、このあたしを迎えにくるだって？」

「そうだよ。嬉しくねえのかい？」

「嬉しいよ。嬉しいのを通り越して、馬鹿馬鹿しくなってくるってえんだよ」

お蔦は、溜息をついた。

「まともな仕事に就いて、世に出て財を成す……。それほどのお人が、三つも歳が上の矢場の女将を迎えにくるなんてことがあるかい。そんな馬鹿な奴は、そもそも世に出られないいさ」

「なるほど、大人の女が考えそうなことだよう……」

房太郎は、拗《す》ねたような顔をしてお蔦を睨んだ。

「すぐに物ごとを決めつけてしまう」

「それが大人の女の考えそうなことかい？」

「そうだよ。馬鹿にも色んな馬鹿があるはずさ。これと決めたら一途《いちず》に生きる馬鹿には、お天道様も、日を当ててくださるってもんだ。おれはそう信じているね」

「そんなら、ここへ来てからお天道様は日を当ててくれたのかい？」

「そりゃあ、おれだって……」

房太郎の脳裏に、先日、岩松との再戦の折、露払いをしてくれた姐さんと、その用心棒の姿が浮かんでいた。

姐さんはお辰《たつ》、用心棒は伊庭《いば》勝三郎《かつさぶろう》といった。

お辰が新たに船宿を始めるので、そこへ番頭としてこないかと誘ってくれた。

自分のような若造の遊び人を、番頭にしてやるとは信じ難い話であるが、その意味は、しっかりと務めてくれたら、ゆくゆくは番頭にしてやるということであろう。

岩松の乾分達を、あっという間に蹴散らした二人は只者ではなかった。

だからといって、どう見ても悪党だと思えない。

まだ十八の房太郎とはいえ、それなりに人は見てきている。

自分を慈しんでくれているのはわかるが、女として、女将として、あらゆる欲を捨てられずに、ただれた暮らしを送る、母親のお仙。

それに寄ってくる、やくざな男達。

お仙の不興を買わぬようにと、房太郎のやるせない想いを知りながらも、当り障りなく接してくる船宿の奉公人、船頭達……。

「若旦那」

とすり寄る、調子ばかりがよい遊里の男女、お仙の取り巻き。

お辰と勝三郎は、そんな連中に比べると、余程親身になってくれる。

岩松との喧嘩に助っ人してくれた時などは、二人もまた危ない橋を渡っているというのに、ひとつも恩に着せるわけでもなく、手放しに房太郎の勇気と度胸を誉めてくれた。

その上に、房太郎の身を案じている者もいるはずだと諭してもくれた。

「うっちゃっといてくんな！」

こんな台詞《せりふ》を大人に対して何度も吐いてきたが、お辰と勝三郎には実に素直に話すことが出来た。

あの二人とは別れたが、

「船宿ができたら矢場に報せておくれな。きっと祝いに行かせてもらうよ……」

と、告げたからには報せがこよう。

その時は祝いに行こう。

そうすれば、そこから先が広がるかもしれない。

船宿に雇ってもらうだけではない、何かがあるような気がするのだ。

そんな今の気持ちを、房太郎はお蔦に伝えたかったが、お辰と勝三郎からの誘いを告げたところで、やはりお蔦は、

「馬鹿馬鹿しい……」

と、言うであろう。

房太郎は、この話はしばらくするまいと、口を噤《つぐ》んだのであった。

「まあ、そのうちおれにも、好い人との出会いがあるだろうよ」

ひとまずそう言うと、

「ああ、きっとあるだろうよ、思わぬ人との出会いがね。まずそれまでは、ここにいてくれたら好いじゃあないか」

お蔦はにこりと笑った。

この矢場に転りこんだばかりの頃は、

「こんなところにいつまでもいちゃあだめだよ」

何度も房太郎に言っていたお蔦であったが、今はいれば好いと言う。

「そうさせてもらうよ」

房太郎は笑顔で応えたが、お蔦の様子が気にかかった。

いよいよ房太郎への想いが募り、離れられなくなったのであろうか。

お蔦が、そんな物言いで自分への想いを伝えてくることは、これまでなかったからだ。

町で博奕打ちの使いっ走りをして、矢場に居候をして女将の情夫《まぶ》を気取る――。

このような暮らしを漠然と続けているのが好いとは思っていない。

母親への反発から〝川崎屋〟を飛び出したゆえ、当面はお仙の世話にならずとも暮らしていける自分を誇りたかった。

だが、何とか暮らしていくうちに、若者独特の焦燥が房太郎を襲っていた。

——お父《とっ》つぁん。

房太郎の脳裏に、まだ会ったことのない実父の姿が影法師となって浮かんでいた。

父への憧憬《しょうけい》は以前からあった。

父親が留蔵という船頭であると知れてからは、母親への遠慮もあり、会いたい気持ちを抑え煩悶《はんもん》したこともあった。

だが、お辰と勝三郎に、父親について話してから、その想いが一層強まった。

「女将の傍から離れたりしねえよ」

房太郎は、お蔦に頰笑みつつ、

——お天道様てえのは、おれの親父のことかもしれねえや。

そんなことを考えていた。

㈢

「砂利場の加助《かすけ》が、〝川崎屋〟のお仙にまとわりついているってえのか」

雁屋源三が鋭い目を光らせた。

「へい、間違いありやせん」

応えたのは、源三の乾分の梅次郎《うめじろう》である。

「あの野郎、色と欲の二道《ふたみち》をかけてやがるんだな」

「そのうち亭主に納まって、船宿を手前のものにするつもりですぜ」

「ふん、奴の考えそうなことだぜ」

源三は舌打ちをした。

砂利場の加助というのは、浅草山谷堀《さんやぼり》界隈で幅を利かす破落戸《ならずもの》である。

すらっと背が高く、鼻筋の通った、なかなかに男振りの好い四十絡み。

〝川崎屋〟のお仙は、金主であった旦那を亡くしてからは、これまで何人も男の出入りを許してきた。

大抵は口先だけの遊び人で、そ奴を叩き出してくれた男が、そのまま居座るという日々が繰り返された。

そして今は、この砂利場の加助が、

「女将さん、困ったことがあったら、おれに言ってくんなよ」

などと言っては三日にあげず顔を出しているのだ。

すぐに口説きにかからず、男伊達《おとこだて》を気取りながら、お仙に近付いているようで、

「お仙に頼まれて、房太郎の行方を捜しているとか」

と、梅次郎は調べをつけていた。

「そうかい。お仙もそこは哀れな母親ってわけか。家をとび出したからといって、久離《きゅうり》を切って勘当するわけでもなく、まだ未練を残している……」

「へい、表向きには、房太郎のことなど知ったものか、などと言っておりやすが、息子が気になっているようで」

「それで、加助の野郎は、ここに房太郎がいると、突き止めたのか」

「さて、そいつはわかりませんが、もう気付いているかもしれやせん」

「気付いている？　ふッ、そうだろうな、蛇の道は蛇だ」

「加助の乾分に、猫七《ねこしち》という野郎がいるのですが、うちの若えのが何度か船着き場辺りで、こいつの姿を見かけておりやす」

「そんなら、加助はもうそれに気付いて、何か手を打ってくるかもしれねえな
……」

源三は腕組みをした。

「今度奴らを見かけたら、叩き出してやりますぜ」

「ああ、乾分達にも触れておいてくんな」

「承知しました」

源三は厳しい表情で梅次郎に指図していたが、やがてニヤリと笑って、

「だが、お仙が房太郎に未練があるってえのなら、こいつはおもしれえ、房太郎を飼っておいた甲斐もあるってもんだ」

「まったくで」

「〝川崎屋〟と引き換えに、倅を返してやるか……。それにはちょいとばかり工風をしねえとな……」

源三は、以前から〝川崎屋〟を狙っていた。

「婆ァはいらねえが、あの船宿には惚れちまうぜ」

本所で船宿をしながら、ここを根城に縄張りを広げてきたが、やはり対岸の浅草は、盛り場の大きさが違う。

〝川崎屋〟は今戸の繁華なところにあり、これを手に入れれば船宿の主人としての格があがるし、浅草進出の足がかりとしてはこれほどのところはない。

予々《かねがね》そう思っていたところに、房太郎が町に迷い込んできた。

彼が〝川崎屋〟の倅であると知り、

「こいつはひとつ、飼っておいて役に立ってもらおう」

と、考えたのである。

人質としての価値がある。

それゆえ、決して一家に身内として迎え入れようとはせずに、それとなく気にかけてやり、

「頼りになる、ありがてえ親分……」

と、思わせているのだ。

砂利場の加助が、お仙の意を受けて、房太郎を連れ戻しに来るというのなら、

「あんな破落戸に、おれの庭を荒らされて堪るけえ」

源三は日々その想いを胸に、大川の向こうを睨んでいるのである。

しかし、この砂利場の加助の動きは、〝地獄への案内人〟の元締である文左衛門も既に察知していた。

石原町に潜入しているお竜と勝之助は、先日〝川崎屋〟を訪ねた帰りに威嚇してきた怪しい男達の中の一人を、船着き場で目にしていた。

そ奴こそが砂利場の加助の乾分・猫七であったのだ。

(四)

お竜はすかさず〝川崎屋〟に潜入した。

先日はやくざな女に化けてお仙を訪ねたゆえに、再びの潜入が憚られたが、商家の後家風に姿を変えて、御高祖頭巾《おこそずきん》などを被ってお忍びで入ると、そこは船宿のことであるから、誰もじろじろと見なかった。

逢い引きの相手は、この度も井出勝之助にするとさすがに勘付かれるかもしれないと控えて、文左衛門の奉公人・安三《やすぞう》が商家の旦那に化けた。

日頃は無口で余計なことは言わず、そっと影のように主に寄り添っている安三であった。

身形《みなり》も地味で目立たぬのだが、いざという時の機転や身のこなしは只者ではない。武芸の心得があるようだ。

どういう経緯を経て、文左衛門に仕えるようになったか、お竜と勝之助も気にはなっているが、過去は問わぬ方がよいと、いつしか暗黙の内に決めていた。

それゆえ、余りゆったりと話をすることがなかったのだが、

「安さん、見違えますねえ」

お竜は変装した安三を見るや、思わず感じ入った。

それほど、商家の主に扮した安三の姿は堂に入っていたのだ。

日頃はお対《つい》の着物など着たりせず、下男を装っているが、髪も結い上げ仕立のよい羽織を引っかけた姿は、どこから見てもやり手の商人である。

「勘弁してくだせえ……」

安三は恥ずかしそうに言った。

「いきなりあっしにお鉢が回ってきたので、困ってしまいましたよ」

ましてや、役どころがお竜の密会の相手となれば尚さらだと、この男にしては珍しく、照れて顔を赤くした。

「いやいや、安さんの方が井出先生より、静かで好いですよう」

お竜はにこやかに小声で言うと、お仙の身辺を当った。

〝川崎屋〟のお仙の住まいは、一階の奥の中庭を挟んだ一間である。

それは、文左衛門と〝ゆあさ〟の主・久右衛門が方々に手を廻して調べあげていた。

お竜と安三は中庭の植え込みの陰から、お仙の様子を探ることにした。

見つかりそうになれば、厠《かわや》を探すうちに足を踏み外して庭へ落ちたと言い逃れるつもりであったが、その必要もなかった。

住まいの一隅には、男衆や客分の男の姿がちらほらしていたし、話す声も聞こえるものの、巡廻して見張りをするわけでもない。

そこは手慣れたお竜と安三である。実に容易《たやす》くお仙がいる一間の様子を窺うことが出来た。

冬のことであるから、部屋の障子戸は閉ざされていたが、向こうからも庭が見られないとなれば、かえって楽に忍んでいられた。

忍びで船宿に通った二日目の夜。

お竜は、お仙が男と話す声をしっかりと聞き止めた。

「親分、房太郎の行方は知れたんですか？」

「いや、それが方々当っているんですがねえ。未だに手がかりが摑めていねえんでさあ」

「それほど遠くへ行っているとは思えないけどねえ」

「あっしもそうは思っちゃあいるんだが、なかなか埒《らち》が明かねえんで……」

「何だい。砂利場の加助ともあろう人が、小僧っ子一人を捜すのに手間取るなんてだらしないじゃあないか」

「こいつは面目ねえ……」

「口はばったいことを言っていても、所詮は子供ですからねえ。自棄《やけ》になって喧嘩でもして、はずみで命を落すことだってあるかもしれない……」

「女将さんはおやさしい。口では勝手に野垂れ死にすれば好いと言ってみても、やはり我が子がかわいいんですねえ」

「かわいいとかの話じゃあないよう。下手に死なれでもしたら、こっちにもとばっちりがくるってものさ。とにかく、よろしく頼みますよ」

「へい……」

正しく、お仙と砂利場の加助の会話であった。

房太郎の行方を訊ねた時は、

「勝手にお捜しよ。言っておくけどねえ、あたしはあの子の尻拭いはしないよ」

と吐き捨てたが、やはり本音は房太郎を諦められないようだ。

〝こっちにもとばっちりがくるってものさ〟などと言うのなら、勘当してしまえばよいものを、そこまでのことはしていないらしい。

戻ってきたとて、自分のただれた暮らしを改めるつもりもないであろうに、息子の動きだけは確かめておきたいのであろうか。

いずれにせよ、お仙は加助に頼んで、密かに房太郎の行方を追っているのだ。

——だが、どうもおかしい。

お仙の気持ちはわかるが、未だに房太郎が見つかっていないと、加助がお仙に報せているのが気にかかった。

既に乾分の猫七の姿をお竜は、石原町で確かめている。

〝親分〟というのには、いささか貫禄不足の加助である。

何かを足がかりに、今よりも尚、顔を売ってやろうと企んでいると思われる。

お竜の見たところでは、加助は房太郎の今を知っているはずだ。

すぐにでも房太郎を見つけ出したと、己が功をお仙に誇示しておきたいところではなかろうか。

それをしないというのは、どういうつもりであろう。

石原町は雁屋源三が仕切っている。そこへ出張《でば》って房太郎を連れて帰るには工風がいる。

それが固まるまでは、お仙にはまだ伝えぬようにしているのか——。

——いや、そうではない。

房太郎が石原町でよたっていると報せたら、お仙は息子の無事を知って安心するであろうが、

「首に縄をつけてでも、連れて帰ってきておくれな」

とも言い出しかねない。

いがみ合っていても、そこは母子である。

再会すると、意外や打解けて、

「もう、〝川崎屋〟はお前に任せるから、思うようにすれば好いさ。あたしはお前を手伝いながら、この先は楽をさせてもらうよ」

お仙は、こんなことを言い出すかもしれない。

となると、房太郎を連れ戻せば、お仙と一緒になって船宿を我が物にするという野心は潰《つい》える。

――そうだ。加助は親身になって房太郎を捜していると見せかけ、実は房太郎が邪魔だと思っているんだ。

それゆえ、見つかっているのにその事実をお仙に知らせないのだ。

お竜は、そういうところにまで気が廻らぬお仙に、哀れみと絶望を覚えていたが、

――こんなところに長居は無用だ。

たちまち植込みの陰から姿を消した。

(五)

お蔦が矢場を出るところに、船小屋での小博奕の用を終えた房太郎が帰って来た。

「ちょいと出かけてくるよ……」

「出かけるならついていくよ」

「今帰りかい。いいよう、お前について歩かれる方が不用心さ」

お蔦は笑って応えた。

「ふふふ、そいつは違えねえや」

房太郎は苦笑いを浮かべた。

さすがにこのところは鳴りを潜めている岩松だが、またいつ隙を衝いて仕返しに来るか知れたものではないのだ。

「矢場の方を見ておいておくれな」

お蔦はひとつ頷くと、そそくさとその場を去った。

どこへ行くのか訊きたかったが、それを頑《がん》として拒む勢いがあった。

居候の身は何があっても、ただ黙って見守るしかない。

ましてやお蔦は、雁屋一家の息がかかっている矢場の女将なのだ。強くものは言えないのが、若い房太郎には癪《しゃく》である。

早いとこ男をあげよう。

そんな想いに捉われる。

ここで男をあげるとは、やくざ者として頭角を現すことに他ならない。

それではいけない。今はやくざな暮らしをしているが、それも当面食い繋ぐためであり、近いうちに暮らしを改め、まっとうな稼ぎをもってお蔦をこの町から連れ出すのだ。

そのように思えるようになった自分に満足を覚えつつも、胸の中で募る焦燥に、身悶えする房太郎であった。

遠ざかるお蔦の後ろ姿を、彼はいつまでも目で追っていた。

お蔦が向かう先は、船宿〝雁屋〟であった。

矢場の上がりを届けたり、矢取女についての報告や指図を受けに、時折は雁屋に顔を出しているお蔦であるが、今日は親分の源三から、直に呼び出されていた。

お蔦には、大凡《おおよそ》察しがついていた。

船宿に着くと、

「おう、ご苦労……。まず船に乗りな」

源三は、お蔦を屋根船に乗せて、大川へと出た。

込み入った話などは、屋根船でするのが、源三の流儀である。

それがわかっているだけに、お蔦も緊張していた。

船には源三の他に、右腕の乾分・梅次郎と、偉丈夫の若い衆を乗せ、控えさせていた。

もう十二月に入っていて、屋根船で話をするのも、寒くて気が引けるが、源三は泰然自若としている。

ここで大事な話をされると、それが意にそぐわなくとも、引き受けぬわけにはいかなくなる。

断われば、冬の川を泳いで帰らねばなるまいと、無言の圧力を受けるからだ。

実際、源三の怒りに触れて、大川の真ん中で川に放り投げられた者もいた。

今は昼下がりで、大川には船が行き交うので、誰かが見つけてくれるかもしれないが、気丈なお蔦も気が引き締まった。

「どうでえ、矢場はうまくいっているかい？」

源三は、にこやかに話しかけてきた。

機嫌は悪くないようだ。

「はい。女達を扱うのはなかなか大変ですが、今のところあたしの言うことをよく聞いてくれています」

「そいつは何よりだ。お前は押しが強えから矢取女達も、うだうだ言わねえんだろうよ」

「畏れ入ります……」

「その調子で、房太郎の体も、矢場に留めておいてくんな」

源三は低い声で言った。

お蔦は、やはり房太郎の話であったかと、心の内で溜息をつくと、

「それは、親分のお申し付けの通りに……」

頭を下げた。

「それで、引き留めた上で、どうなさるおつもりでございましょう」

「知りてえか？」

「出過ぎているとお叱りを受けるかもしれませんが、あらかじめ知っておきとう

ございます」

「うむ、そいつはそうだな」

源三は船の上で熱燗の酒を、くっと飲んで体を温めると、

「お前、奴《やっこ》さんからは何も聞いていねえのかい？」

「と、仰いますと？」

「房太郎が、今戸の船宿の倅だってことだよう」

「今戸の船宿の倅……」

お蔦は小首を傾《かし》げた。

どこかの小店《こだな》の息子がぐれたのかと思っていたが、船宿の息子だとは知らなかった。

男の過去など問わぬのが、矢場で育った女の心得であった。

矢場の女と懇《ねんご》ろになるような男は、まともな者ではない。

過去がしっかりしていればいるほど、空しさを覚えるものだ。

今をどう生きていくか、先が見えずとも楽しければよかろう。

そんな想いを持たねばやっていられない。

それゆえ、お蔦は房太郎の過去などは一切問わなかった。

そして、房太郎もまた、

「大川の向こうにいたが、色々とおもしろくなくて、川を渡ってきたってところさ」

などと恰好をつけていたので、お蔦も知らなかった。

「そうかい、房太郎はそんな話はしなかったのか。ふッ、言えば迷惑がかかるとでも思ったのかねえ。なかなか分別があるじゃあねえか。親が嫌えで家をとび出したってえのによう」

源三は鼻で笑った。

黙っていたところで、どこの誰かはやがてわかるものだ。

頭にくる親であっても気遣うのなら、初めから家をとび出したりしなければよいものを――。

今それを聞いて、お蔦も源三と同じ想いであった。

何とはなしに胸騒ぎを覚えていたことが、現実になりつつあると、お蔦は次第にいたたまれなくなってきた。

「親分は、房太郎を質にとって、その船宿に乗り込むおつもりで？」

お蔦はさらりと訊ねたが、胸は高鳴っていた。

「お蔦、みなまで言わせるんじゃあねえや」

源三はニヤリと笑った。

さすがはお前だ、話が早いと言いたげであった。

「その日がくるまで、引き留めておけと言うのさ」

お蔦は少し前から、房太郎を矢場に留めておけと源三に言われていた。

房太郎が、お蔦に惚れているのは、誰の目にも明らかであった。

お蔦もその気になったとしても、源三は、

「お前も時には、若い男と遊んでみたくなるだろう。そん時はよろしくやってくれ。だが、房太郎はおれのものだ。そのうちに折を見て返してもらうぜ」

近頃になって、そう言い出したのである。

「親分は念を押しに、あたしをお呼びなさったので？」

「念を押すまでもねえと思ったが、お前も女だ。情に流されることもあるんじゃあねえかと気になったのよ」

「とどのつまり、親分は房太郎を、親の許へ戻すおつもりですか」

「お仙が倅に帰ってきてもらいてえと、思っているうちにな」

「お仙、というのですか？　房太郎の母親は……」

「ああ、〝川崎屋〟のお仙だ」

「ろくでもない母親なんでしょうねえ」

「立派な母親なら、房太郎も家を出ねえだろうよう」

「だが、そんな母親でも、あたしのような女といるよりも、よほどいいってもんですよ」

「ははは、お蔦、泣かせるじゃあねえか」

「親分は房太郎を親許に戻した後は、どうなさるんです？」

「お仙に返してそれきりだ。後のことなど知らねえや」

「左様で……」

「ふふふ、まさかお前、本気で房太郎に惚れたわけじゃあねえだろうな」

「短かい間でも、情を交わした男ですからねえ、そりゃあ気になりますよ」

「何もとって食おうとはしねえよ。お仙の船宿を手に入れたら、おれはそっちに移り住むつもりだ。そうなりゃあ本所の〝雁屋〟は、お前が女将になって仕切りゃあいいさ」

「あたしが船宿の女将に？」

「矢場の女将より一段上だぜ。首を刎《は》ねられるところだったお前が、船宿の女将だ。大したもんじゃあねえか」

源三は、意味ありげにお蔦を見ると、

「まあ一杯やりな……」

彼女の盃に酒を充たしてやった。

――まず、房太郎が母親の許へと帰るなら、それで好い。

お蔦は源三に大きな借りがあった。

その上に、矢場の女将から船宿の女将へ――。

何をさせられようが逆らうわけにはいかなかった。

「恩に着ますよ」

お蔦は盃を干したが、冬の大川の上で酒は既に冷めていた。

(六)

房太郎を巡って、二つの悪党一味が、それぞれ不穏な動きを見せている。

雁屋源三と砂利場の加助。

源三は房太郎の身柄を押さえ、これを質に〝川崎屋〟をものにするつもりだ。

となれば、こちらも〝川崎屋〟を己がものにしてやろうと画策する加助としては動かねばなるまい。

猫七の調べでは、房太郎は石原町の矢場にいる。そして、その矢場は源三の息がかかっているところで、加助は源三の下心を読んでいた。

「女将さん、房太郎の行方を探るのは好いが、息子のお蔭で、この船宿を失《な》くしちまう恐れもある。ひとまず勘当をして、人別から外しておいた方が先々のためだと思いますがねえ」

加助はまずお仙に、そのような進言をした。

他人にしておけば、極道息子の責めを負わされることもないのだ。

源三が房太郎を質に取って本所から攻め込んできても、撥ねつけられよう。

だが、お仙はまだ雁屋源三の企みに気付いていない。

「砂利場の親分、あたしはまだ房太郎を勘当するつもりはありませんからね。よけいなお節介はよしにしてくださいな」

はっきりと加助の言を退けた。

加助は引き下がるしかなかったが、〝川崎屋〟に房太郎を戻すわけにはいかない。

かといって、このまま房太郎が見つからないとお仙に言い続けるわけにもいくまい。

そのうちに、源三が房太郎を連れて〝川崎屋〟に乗り込んでこよう。

「猫七……、ここはひとつ勝負だな……」

加助はどうせ渡世に生きる限り、どこかで大きな山を乗り越えねばならないと肚《はら》を括っていた。

「まったくで……」

猫七も同じ想いであった。

この乾分は三十過ぎで、悪事を働くために生きてきたような男だ。

人の弱味を探ったり、傷つけたりして脅すのには長《た》けているのだが、大きな山を越えたくともそれを見つけることが出来ない。

そういう意味では、加助との取合せは悪くない。

悪巧みを始めると後先考えずに突っ走ってしまう猫七だが、加助にとっては今こそ彼の〝馬鹿さ〟が必要であった。

加助は猫七を鼓舞するように、

「〝川崎屋〟を手に入れたら、お前にも好い想いをさせてやるから、何に銭を使いてえか、今から考えておくがいいや」

「へへへ、そいつは楽しみだ。で、何か好い智恵は浮かびましたかい」

「まず二人で石原町に入るとしよう」

「親分とあっしが一緒じゃあ、いささか目立ちますぜ」

「そこは姿を変えるのさ」

「なるほど。役者みてえですね」

「そうだ。役者になるんだ……」

二日後。

砂利場の加助と乾分の猫七は、石原町に乗り込んだ。

二人が変装をしたのは、浪人学者とその下男であった。

加助は、むしりの頭を青々と剃りあげて、御家人風の髷《まげ》にして、袖無し羽織に袴を着す。

元より端正な顔立ちをしているので、儒者の風情《ふぜい》がよく出ていた。

猫七は学者に仕える寡黙な武家奉公人の出立ち。

先日は、船宿で開帳されている小博奕にうまく紛れ込み、房太郎の行方を求めた猫七であったが、今は見違えるなりであった。

とはいえ、先日の潜入では、源三一家の者からも、お竜と井出勝之助からも、石原町をうろついているところを見られているので、今さらながらの変装といえる。

町の者達を欺くことは出来ても、源三の乾分の梅次郎になると、既に加助、猫七の動向を注視していたので、

「親分、おかしな学者が供連れで町をうろうろしておりやす」

早速主従が、加助と猫七ではないかと当りをつけていた。

加助は、近々ここに学問所を開くつもりなので、その場所を探しているという体裁を繕い、近くの大名の下屋敷に付随する物置小屋に宿を確保していた。

そこを根城に企んでいるのは、房太郎の殺害であった。

源三が何かの罠をかけた上で、房太郎をお仙に売り込んでくる恐れは、日増しに高まってきた。

「猫七、そうなる前に、房太郎を始末してやろうぜ」

と、加助は動き出したのだ。

房太郎さえいなければ、〝川崎屋〟の乗っ取りは雑作《ぞうさ》もあるまい。

そうして、房太郎の動きを確かめるうちに、このところは、夕方に船小屋の博

奕場に顔を出してから、矢場へ戻るのが決めごとになっていると知った。

船小屋のある船着き場から、矢場へ戻るには、堀端の細道を通らねばならない。

ここは夕方になると人気《ひとけ》もなく、実に寂しい。

脇道には、盛り場に通じる裏路地が覗いているのだが、

「猫七、ここに潜んで、房太郎が通ったところを襲うぜ」

と、加助は企んだのだ。

(七)

大川の水面に夕日の赤が漂っている。

「どうも落ち着かねえや……」

船着き場からそれを眺めていた房太郎は、大きな溜息をついた。

朝日をきらきらと浪に泳がす一日の始まりには胸が躍るが、暮れゆく空を映す大川は寂し過ぎる。

ましてや、一月《ひとつき》も経たぬうちに年が明けてしまうのだ。

己が先行きが見えぬ房太郎は、何を眺めたとて焦燥が募るのであろうか。

「矢場でじっとしていても退屈だろう。三吉つぁんが、夕方に一度顔を出してくれと言っていなさったぜ」

数日前、矢場へ顔を出した、源三の乾分・梅次郎がそんなことを房太郎に告げた。

そう言われると行かないわけにもいかず、船小屋の賭場《どば》に顔を出すと、

「雁屋の親分が、房太郎はなかなか頼りになる男だから、日に何度か顔を出すように言えば好いじゃあねえか、なんて言いなさるんでな。そんならお前の勢いにあやかろうと思ってよう」

それで、梅次郎に、

「矢場に行くことがあったら、房にそう告げておくれな」

と、頼んだのだという。

つまり、船小屋へ顔を出すのは、源三の勧めとなる。

今の房太郎には外せぬ用なのだ。

源三が自分を買ってくれているのは、ありがたいが、同時に煩《わずら》わしくもある。

矢場に置いてもらう代償として、お蔦の助けをするのが本望だが、それも都合がよく、甘えたことだ。

源三の期待には応えねばなるまいが、応えれば応えるだけ、渡世人の中で目立ってしまう。

ぐれて喧嘩に明け暮れた付けが、こんな形で回ってきたのは因果な話である。

若い時は相当な暴れ者だったが、歳と共にそれも落ち着いて、立派な人物になる——。

そういう人は世の中にはいっぱいいる。

それはただ運がよかっただけなのであろうか。

ひとつ間違えば、誰もがただのやくざ者になってしまっていたであろう。

立派になった者。やくざに陥った者。いったい何が運命の分かれ目となったのであろう。

いずれにせよ、今の房太郎は明らかに、やくざな道に足を踏み入れ、そこで徒《あだ》花《ばな》を咲かさんとしている。

頭ではわかっているが、この暮らしから離れると、お蔦との別離が待っている。

抜き差しならぬ状態に陥っていることが、房太郎の焦燥をますます募らせていくのである。

じっと考える帰り道。

夕日に輝く大川がやけに眩しかったが、川波に漂う赤も日暮れの早さに、たちまち色褪《あ》せていった。

やがて堀端の細道へ出た房太郎を、脇道の角で、二つの黒い影が待ち受けていた。

砂利場の加助と猫七である。

浪人学者姿の加助は、腰に差した脇差に手をやり、猫七は懐に呑んだ匕首《あいくち》を握り締めている。

心ここにあらずの房太郎は殺気を覚えず、ふらふらと道を行く。

しかし、加助と猫七の動きを察知して、房太郎のあとからそっと細道を進む二人連れがあった。

お竜と井出勝之助である。

房太郎を亡き者にしようと考えている加助の動きは、文左衛門にはお見通しであった。

勝負に出たのは好いが、房太郎を守らんとする者がいて、それが文左衛門率いる案内人達であったのは、加助にとっての不幸であったといえる。

加助と猫七は、地獄へ案内してやるべき二人だが、この場はひとまず房太郎を助けるだけに止めておくことにしようと、二人は文左衛門からの指示を受けていた。

お竜と勝之助が飛び出す間合を計っていると、加助と猫七が房太郎の前に姿を見せた。

「ちと、ものを訊ねたいのだが……」

加助が実に穏やかな物言いで房太郎を呼び止めた。

思慮深い学者を演じて、不意を衝くつもりのようだ。

「へい、何でございましょう……」

房太郎は小腰を折った。

「この家を探しているのだが……」

加助は懐から地図を取り出して、房太郎に近寄った。

お竜と勝之助は、阿吽《あうん》の呼吸で飛び出さんとしたが、すぐに思い止まった。

「房太郎！　逃げろ！」

と、声がしたかと思うと、脇道の向こうから、雁屋源三が乾分を率いて飛び出してきたのだ。

「加助……！　手前、房を始末しにきやがったか！」

そして、目を丸くする房太郎を庇《かば》って、源三は加助の前に立ちはだかった。

勝之助はこれを見て、

「仕立屋、ここは様子見やな……」

と、お竜に囁いた。

「源三の方が一枚上ってことですねえ」

お竜は勝之助と、高みの見物を決め込んだ。

「しゃらくせえや……！」

加助は脇差を抜いて源三に斬りかかったが、源三も喧嘩度胸は据っている、己が長脇差を抜いてこれを払った。

猫七も匕首を抜いたが、そこへ源三の乾分の一人が長脇差で斬りつけた。

こ奴は新平《しんぺい》という。折助《おりすけ》崩れで、剣術の心得があった。お蔦が源三の屋根船に呼ばれた時、梅次郎と共に船上で控えていた偉丈夫の乾分である。

猫七は果敢に反撃したが、新平に袈裟《けさ》に斬られ、そのまま堀へ落された。

物陰で勝之助が唸った。

なかなかに腕が立つ。

「や、野郎……」

加助は逃げ出さんとしたが、梅次郎が白刃で背中に斬りつけ、倒れたところを、

「おい、おれの庭を踏み荒らすんじゃあねえや……」

源三が止めを刺した。

「こいつを片付けろ……」

源三は、梅次郎と新平に加助の骸《むくろ》を運ばせると、呆然自失としている房太郎に、

「危ねえところだったな」

やさしく頬笑んだ。

「こいつはいってえ……」

「お前に生きていられちゃあ邪魔だという奴がいるってことさ」

「あっしには何のことやら……」

「まあ、一杯飲んで気持ちを落ち着けな」

「へい、ありがとうございます」

「いいってことよ……」

源三は、房太郎の肩をぽんと叩いて、連れ立って歩き出した。

お竜と勝之助は、これを見送ってから、

「勝さん、どうする?」

「房太郎はひとまず無事やろ。今は見守るべきやな」

「気が立っているだろうからね」

「そやけど、源三が俠気《おとこぎ》を出して房太郎を守ったわけでもないやろな」

「恐らくは、加助と同じことを企んでいるんじゃあないかと……」

二人はここで別れた。

勝之助は文左衛門に会いに、お竜は源三の様子を探るためであった。

(八)

房太郎は、源三に連れられて一旦〝雁屋〟に入った。

そして、源三の居間で酒を与えられて心を落ち着けた。

これまでも喧嘩の修羅場は何度となく潜ってきたが、目の前で二人の男が殺されたのであるから気が動顚《どうてん》していた。

しかも、殺された二人は自分を殺しに来たのであるから尚さらだ。

「房、お前を殺そうとしたのは、砂利場の加助という外道《げどう》だ。このところ〝川崎屋〟へ出入りしているらしい」

「〝川崎屋〟へ……。そうでしたか……」

房太郎は、母親のお仙がまた、ろくでもない男を引き入れていたのかと、暗澹《あんたん》たる想いに陥った。

「〝川崎屋〟を手前のものにするためには、あっしが邪魔だったんでしょうねえ」

それくらいは、房太郎にも想像がつく。

「ふん……、あんなところにこっちは何の未練もねえってえのに……」

これでは母親に殺されかけたようなものではないかと、哀しさと切なさに、一旦落ち着きかけた気持ちが粉々に砕けそうになった。

源三は房太郎の心の隙間に入り、

「だがよう、房、お前のおっ母さんが、倅に未練を見せていたから、加助の野郎が焦ってしまったと言えるぜ」

と、告げた。

「お袋が……」

房太郎は顔を上げた。

「口では、お前を突っ撥ねた物言いをしていても、やっぱりそこは親だ。どうしているか気になって加助に探ってくれと頼んじまったんだろうよ」

一番頼んではいけない相手に任せてしまったわけだが、その時の様子が我が子を思う母の慈愛に充ちていたゆえに、

「加助は、お前を殺してやろうと思ったわけだな」

源三の話を聞いていると、母親への憎しみは消え、女の哀れさが身に沁みて、房太郎の怒りも少しは和らいだ。

「だが、よかったぜ。おれの縄張りで、お前が殺されたとあっちゃあ、雁屋源三の名がすたるところだ」

源三は上機嫌で房太郎に酒を注ぐ。

房太郎は気分が落ち着くと、今度は不安になってきた。

「親分、二人を殺《や》っちまって、大丈夫なんですかねえ……」

「誰が見てたわけじゃあねえや。いや、見ていたとしても、おれを訴え出る者なんて、この辺りにいるもんかい」

「そうですね……」

「ろくでもねえやくざ者が二人、この世から消えちまったとしても、気にする者もいねえや。お前のおっ母さんだって、そろそろ野郎に嫌気がさしていた頃に違えねえ。いなくなってせいせいしているさ」

「へい……」

確かにそうだ。お仙にとってもこれでよかったのだ。

また少し、房太郎の気持ちも落ち着いてきたが、

「房、これでお前も、おれの身内だな」

それへすかさず源三が、凄みの利いた声で言った。

「お前のために、二人も殺っちまったんだからよう。ははは、恩に着せるつもりはねえが、人様に言えねえ隠しごとを一緒に抱える身になったんだ。おれが殺られそうになった時はどうする？」

「そ、そりゃあ、もう、あっしも命を張らしてもらいやす」

「そいつは頼もしいや。房、これから先もよろしく頼んだぜ」

房太郎は、黙って頭を下げた。

まっとうな道で一旗あげて、お蔦と一緒になる。そんな甘いことを考えていた自分が情けなかった。

ろくでもないやくざ者とはいえ、二人の男が殺された。

その現場を自分ははっきり見ていたが、役人に事情を話すことは出来ない。

雁屋の親分が、乾分二人とで斬殺して、自分を守ってくれた、などと言えるは

ずもないのだ。

弱味につけ込んで、人をがんじがらめにして、悪の道から抜け出せなくする。

それが悪党の手口である。

こうなれば、使い捨てにされないように、気を張り詰めながら、渡世人として生きていくしかないのであろうか。

――せめてお蔦に会いたい。

あらゆる絶望が房太郎に襲いかかってきた。

こんな時は、お蔦の情に触れていたかった。

しかし源三は、そうさせてくれなかった。

「房、お前はもう身内だ。となりゃあ、矢場なんぞに居候していねえで、こっちへ移ってくるがいいや」

「親分、そいつは……」

「お蔦が恋しけりゃあ、いつだって会えばいいんだよ。だが、しばらくはここにいて、ほとぼりを冷ますんだ。加助の他に、お前を狙っている野郎がいるかもしれねえからな。わかったな」

源三の言葉は既に有無を言わさぬものとなっていた。

房太郎は、黙って従うしかなかったのである。

「おう！　房に部屋をひとつ用意してやれ！」

源三は乾分に命じて、房太郎を二階の部屋へ連れて行かせると、

「梅次郎、ちょいと外へ繰り出すか」

梅次郎を伴い、外へ出た。

加助と猫七を葬った興奮は、源三の体内にも残っていた。

そして、房太郎をまんまと手中に収めた。

加助の煙草入れや脇差などの遺品は残してある。

これを房太郎に添えて、お仙に渡せば、さすがのやさぐれ女も、

「あたしのせいで房太郎が殺されるところであった……」

と、動揺するであろう。

お仙も悪党のすることくらいわかっているはずだ。

加助と猫七殺しが房太郎によるものだと、源三が処の悪徳御用聞きを取り込んで、でっちあげるかもしれない。

「倅を返してもらいたけりゃあ、船宿をおれに譲ってくれ……」

などと持ちかけられたら、たとえ二束三文で買い叩かれようが文句はいえない。

源三がはしゃぎたくなるのも、無理はなかった。

源三は喜び勇んで、船宿の廊下へ出たところで梅次郎に、

「梅、〝川崎屋〟はもうおれのもんよ」

思わず嘯《うそぶ》いていた。

こういうところは、源三も詰めが甘い。

加助を屠って安心しきっていたのであろうか。

この一言をしっかりと聞いていた者があることに、まったく気付いていなかった。

船宿〝雁屋〟には、お竜が潜入していたのだ。

――なるほど、やはり源三も〝川崎屋〟を狙っていたんだね。

このところ、夕方になると船小屋の賭場に顔を出していた房太郎は、源三の指図でそうしていたようだ。

それをさせたのは、加助が房太郎を襲い易くして、そこにおびき寄せるためであったのだろう。

ひとまず加助を地獄へ案内してやる手間は省けた。

しかしそれにしても、この世には悪い奴らが多過ぎる。

となれば、矢場の女将はどうなのだ。

お蔦もまた、初めから房太郎を引き留めるために、手練手管でかかっていたのか——。

そうだとすれば、余りにも房太郎が哀れではないか。

——いや、矢場の女将も房太郎と同じ、悪人達に弄《もてあそ》ばれている者の一人なのに違いない。

お竜はせめてそう信じたかった。

いずれにせよ、仕上げといかねばなるまい。

〝ゆあさ〟の船頭・留蔵は、房太郎と会える日を、一日千秋の想いで待ち望んでいることであろう。

(九)

「こうなったら、〝雁屋〟へ乗り込んで、源三を地獄へ案内して、房太郎を腕尽くで取り返すしかありませんな」

元締の文左衛門は、改めてお竜と井出勝之助の前に二十両ずつ置いて、〝案内〟

を依頼した。

本所石原町界隈を仕切る雁屋源三は、調べてみると、思った以上に極悪な男であった。

船宿〝雁屋〟は、数年前に矢場の主であった源三が、前の女将から買い取ったことになっているが、その女将は源三に譲った直後、川での事故で死んでいた。

無理矢理に証文を交わさせて、そのまま後腐れのないように始末したのではないかと、事情を知る者は陰で噂をしているという。

源三がさらに〝川崎屋〟に食指を動かしているのは明らかで、房太郎を質に取り、船宿を安く買い叩いた後、お仙と房太郎をどうするか知れたものではない。

源三、梅次郎、新平の三人は、まず息の根を止めておかないと、この先、多くの人が泣かされることになるだろう。

しかし、船宿には客もいる。他にも源三の乾分が何人かいる。

どれも、お竜と勝之助にとって恐れるものではないが、騒ぎが大きくなると、房太郎を逃がし辛い。

「そこは心してかかってください。まずお二人のことだ。わたしが言うまでもなかろうが……」

お竜と勝之助はゆったりと頷いて、それぞれ金を収めたのである。

それから二人は、〝雁屋〟へ忍びの客の風情で入った。

房太郎が、ここへ軟禁された翌日のことであった。

「まずは屋根裏やな……」

「あたしが行きますよ。勝さんより軽いから」

お竜は勝之助の肩に足をかけると、たちまち船宿の梁《はり》を伝って、房太郎のいる部屋を探った。

既に房太郎が二階の部屋に連れていかれたのを、窓越しの影で確かめていた。

「今さらながら仕立屋、お前は大した女やなあ。それだけの隠術《しのび》働きができる者は、男でもなかなかおらんで……」

勝之助はいちいち感心しながら、船宿の内外を巧みに探索した。

案内人としての仕事にも慣れてきて、二人の備えにも抜かりはなくなった。

お竜は船宿の奥の二階に、遂に房太郎の姿を認めた。

源三は、いかに〝川崎屋〟へ乗り込むかの段取りを立てている間、

「退屈だろうが、しばらくここでじっとして、ほとぼりを冷ますんだぞ」

房太郎には、そう言い聞かせている。

房太郎も諦めて、部屋でごろごろとしていたのを、お竜は天井の上から、そっと見守ったのだ。

腕枕をして横たわる房太郎の表情は、虚ろである。

横顔の頬骨の高さや、眉尻は、実に船頭の留蔵に似ている。

お竜の四肢に沸々と力が湧き上がってきた。

今宵、きっと――。

既に計画はしっかりと立ててある。

ところが、夜を待ってかかろうとした矢先に意外な客が、房太郎の許を訪れた。

矢場の女将・お蔦であった。

「夜伽《よとぎ》にきましたよ」

房太郎が自棄を起こしてもいけない。

〝川崎屋〟に乗り込むまでは、大事な人質であるのだから、無聊《ぶりよう》を慰めてやろうというのである。

「なるほど、お前もしっぽりと名残を惜しめば好いさ。頼むぜ」

源三はニヤリと笑って許したが、〝川崎屋〟を手に入れた後は、房太郎を情夫にして、〝雁屋〟の女将を務めたらどうだとは言わなかった。

〃川崎屋〃を取られた恨みを持ち続けた房太郎が、ここで叛旗を翻《ひるがえ》しても困るからだ。
「そうさせてもらいましょう。この船宿の女将にさせてくださるのですからね。
親分のお役に立てたら何よりですよう」
房太郎は、お蔦が源三にそんなことを言っているとは知らずに、純なときめき
をもってお蔦を迎えたものだ。
お竜は戸惑った。
いざ、房太郎を取り返さんと、軟禁の間に飛び込んだとして、お蔦をどうすれ
ばよいのだろう。
殺すわけにもいかない。
まだお蔦に心を残す房太郎が、無理に引き離されると混乱して、助け出すのが
難しくなろう。
さらに、お蔦は見張りの乾分達に、
「ちょいと野暮だねえ。房太郎はあたしが放しはしないさ。逃げられりゃあしな
いんだから、しっぽりと二人にさせとくれよ」
そう言って、彼らを追い払った。

お竜は困惑した。

天井裏から他人の情事を盗み見るなどごめんである。

「お蔦……、逢いたかったぜ……」

房太郎はお蔦を抱き締めた。

この先の行方がどうなるかわからないが、順調に仲を深められぬ二人であろう。

お竜は一旦、勝之助の許へ戻ることにした。

「何やて？　名残の逢瀬とは切ないねえ」

勝之助は少し楽しそうに笑うと、

「お蔦は、ただ房太郎の伽をしにきたのかな？」

鋭い目をした。

「それも気になりましてねえ」

お竜は頷いてみせた。

「ちょっとの間、抱き合うたら、お蔦は何かするつもりやないか？」

勝之助の考えはしっかりと的を射ていた。

今頃はお蔦が大事な話を始めているかもしれない。

お竜は、今度は勝之助と共にまた天井裏に戻った。

「房さん、よく聞いておくれな」

房太郎の部屋で、お蔦は彼に身を寄せながら小声で語りかけていた。それは今まで房太郎に打ち明けてこなかった、自分の過去についてであった。

「あたしの生い立ちは、矢場の女にはよくある話だ……」

お蔦は、物心ついた時には二親に逸《はぐ》れていて、親類の家で厄介者扱いされて育ち、その家の借金のために、矢場へ矢取女として奉公に出された。

矢取女は、遊びに来た客に付いて、楊弓の世話をする。

水茶屋の茶立女と同じように、客の祝儀で稼ぐのだが、遊女の真似もする。

お蔦の場合は、それほど多額の借金を負っていなかったので、上客さえ付けば何とかしのげたが、客が強く望めばなかなか断れなかった。

「気に入らない客は断ったよ。女将さんにはこっぴどく叱られたけど、断ったことで、好い客が付いてねえ。あたしもちょいとばかり好い気になったんだよ」

ある夜、断った客に恨みを買い、外へ出たところを攫《さら》われて、堀端の繁みに連れ込まれた。

「あたしは、どこまで女をいたぶれば好いんだいと腹が立って、その客を簪《かんざし》で刺して殺しちまったんだ……」

だが、矢場は源三の息がかかった店である。

「こんなくだらねえ野郎が死んだからどうだってえんだ。任せておきな」

源三は骸を処理し、お蔦の罪を揉み消してくれたのだ。

「お蔦、おれはお前が気に入ったぜ。それだけの度胸がありゃあ、この先、おれの役に立ちそうだ」

と、目をかけてくれた。

源三の情婦だった女将が病死した後は、女将に据えてくれたゆえ、お蔦は矢場をさらに繁盛させたのだが、

「あたしの人殺しの罪は、親分に預けたままなのさ」

振り絞るように、お蔦は房太郎に打ち明けた。

「そうか……。それでお前は、親分には逆えないのか……。そりゃあ、そんなことがあったら逆えねえよな。苦労をしたんだな……」

房太郎は、込み上げる想いを抑えながら、お蔦を労《いたわ》るように言った。

「だが、あたしは逆うことにしたよ」

お蔦は、房太郎に真っ直ぐな目を向けた。

「逆うって……、お前……」

「房さん、お前をここから逃がすのさ」

お蔦は周囲を見廻してから、きっぱりと言った。

「女将……、ちょいと待ちなよ……」

「親分はお前をだしに、〝川崎屋〟を奪い取るつもりなのさ。わかるだろう」

「そんなことだとは思ったよ。だが、今さらどうしようもねえや」

「あたしの見たところじゃあ、二束三文で船宿を買い叩いた後、あの男はお前と、お前のおっ母さんを後腐れのないように殺してしまうつもりだよ」

「まさか……」

「お前は、やくざ者に夢を見ているんじゃあないかい。侠客と呼ばれるやくざは一握りしかいないのさ。巻き込まれちゃあいけない。お前を巡って既に死人が出ているんだ。あたしがここにいる間にお逃げ。お前はまだ先のある身だ」

「逃げて、女将はどうなるんだい」

「お前に逃げられたことにしておくよ」

「そんな嘘は見破られるだろう」

「その時は、ついてなかったと諦めるよ。どうせあたしは人殺しなんだよ」

「お蔦……」

「せめて房さんには女の真を貫きたいのさ」

「そうだと言って……」

「逃げなきゃあ一生恨むよ。その窓から、庭の木には飛び移られるはず。それで下へ下りたら裏塀の木戸に出るから、そこを潜って、あとはとにかく走るのさ」

「お前が心配だ……」

「お前が源三の言うがままになったとしても、あたしはどんな目に遭うかわからない。あたしも、隙を見てここから逃げるつもりさ」

「本当だな」

「あい……。互いに生きていりゃあ、また会えるさ」

「わかった……」

房太郎はもう一度しっかりとお蔦を抱き締めると、深々と頭を下げた。

その様子をお竜と勝之助は天井裏から見ていた。

「ええ女や……。ほっとしたよ……」

そして勝之助は、そこを出て新たな持ち場に廻ったのである。

それから約小半刻が経って、房太郎はお蔦に言われた通り、窓から庭の立木に飛び移り、難なく裏木戸に辿り着いて、外へ出た。

しかし、すぐに新平率いる源三の乾分達に見つかってしまった。

「房太郎……！　手前逃げられるとでも思ったか！」

源三はこれを予想していたのであろう。

新平に乾分を付け、見張らせていたのだ。

房太郎は、お蔦が気にかかったが、お蔦を信じて駆けた。

「待ちやがれ！」

と追う新平達であったが、曲り角で房太郎の姿が消えた。

井出勝之助が房太郎を用水路の陰に引っ張り込んだのだ。

「だ、旦那は……」

房太郎が勝之助に助けられるのは二度目だ。

「いいから船着き場へ走れ。そこで〝朝〟と叫べ、〝風呂〟と応えた船頭がいたらそれに乗せてもらうんだぞ」

勝之助はそう言うと、房太郎を走らせた。そして顔を覆面で隠し辺りを探る新平の前に立ちはだかると、

「加助親分の仇《かたき》だ！」

一声叫んで、容赦なく新平を袈裟に斬り捨てた。

その凄絶さに、三下の乾分達は息を呑んだ。

「これから船宿へ行く。死にたい奴はかかって参れ……」

勝之助が静かに言うと、乾分達は算を乱して逃げた。

その頃、〝雁屋〟では、房太郎の部屋に残ったお蔦が、源三と梅次郎に詰問されていた。

お蔦の右目は腫れていたが、これは自分で痛めつけた跡である。

「お蔦、房太郎がお前を殴りつけて窓から逃げただと？　ふん、見えすいたことを言うんじゃあねえや」

源三は、房太郎の逃亡を見越した上で、お蔦を部屋へ入れたのだ。

「夜伽にきてやったと言って、人払いをして、刻《とき》を稼いで、その間に房太郎を逃がす……。まさか、利口なお前がそんなことをするとは思えなかったが、念には念を入れてみたらこの様《ざま》だ……」

「親分、あたしを信じておくんなさいまし……」

「信じてやりてえが、ひとまず房太郎をここへ連れてきて、何もかも白状させるとしよう」

「今頃は、新平が引っ捕えているだろうよ」

梅次郎が続けた。

「新平は死んだよ……」

すると、どこからか女の声がした。

「誰でい！」

声が上からしたと気付いた梅次郎は、顔を天井に向けたが、その刹那、彼の首筋には天井板の隙間から投げ打たれた小刀が深々と突き立っていた。

「な、何だ……」

うろたえる源三が、懐に呑んだ匕首に手をかけた時、天井裏から下り立った黒装束、黒覆面の女が、手にした小刀で源三の心臓を一突きにしていた。

女の正体はもちろん、仕立屋お竜である。

あっという間に男二人は息絶えた。

「あ、あんたは……」

驚きに声も出ないお蔦に、

「こいつらを地獄から迎えにきた者さ」

お竜は低い声で言った。

「お前は惚れた男のために死ねたら、人殺しの女でもあの世で救われる……、とでも思ったかい」

お蔦は緊張の糸が切れて、涙を溢れさせた。

「お前にそもそも罪はない。房太郎は今頃舟の上だろうよ。会いたいかい？」

「会いたい……。でも、会わないと心に決めたんですよ……」

「お前の思う通りにすれば好いさ。色んな惚れ方があるものさ。生きていればまた、いつか……」

お竜はしっかりと頷きかけると、お蔦を連れて部屋を出た。

㈩

房太郎は、お竜が予想した通り、大川を走る舟の上にいた。

井出勝之助に助けられた房太郎は、言われた通りに船着き場で、

「朝……！」

と叫ぶと、

「風呂……！」

と、合言葉が返ってきた。

声の主は猪牙《ちょき》の船頭であった。

どういうわけか、房太郎を迎えに来ていたらしい。

船頭は二人、二丁艪である。

「さあ、早く……」

急《せ》かされて乗ると、舟は猛烈な勢いで大川へ漕ぎ出した。

「色々あっただろうが、もう大丈夫だよ」

船頭の一人は、〝ゆあさ〟の主・久右衛門である。

「この舟に追い付ける者などいやしねえ」

「あっしには何が何やら……」

「危なっかしい倅を迎えにきたんだよ。お前の親父がよう」

「親父……」

もう一人の漕ぎ手が頰っ被りを取った。

房太郎は、口をあんぐりと開けて、舳先《へさき》に吊した提灯の明かりに照らされた、艪を漕ぐ留蔵の顔をまじまじと見た。

どう見ても他人ではない。何十年か経って、自分の前に鏡が置かれたら、このように映るに違いない。

「やっと会えたな、房太郎……」

留蔵の声が涙に詰った。

「お父つぁん……!」

房太郎も何か言おうとして声にならなかった。

「よかったなあ、お前をずうっと見守っていてくれた人がいてよう」

代わりに久右衛門が言った。

「好い船出だなあ……」

舟の行く先が〝ゆあさ〟であるのは言うまでもない。

〝ゆあさ〟が〝あさゆ〟、そして〝朝〟〝風呂〟の合言葉となった。それは留蔵が考えた。

この腕利きの初老の船頭には、そういう洒落《しやれ》っ気もある。

船宿についたら、留蔵は息子相手に少しは色気のある話でもするのだろうか。

やがて夜はさらに更けて、〝ゆあさ〟の一間では、父と子の涙に濡れた宴《うたげ》が続いた。

文左衛門は、お竜と勝之助を別の一間に呼んで、無事に仕事を終えた喜びに浸っていた。

雁屋源三、梅次郎、新平は死に、他の乾分共は逃げ去った。

砂利場の加助と猫七の骸はそのうちに見つかるだろう。

この二人を殺された仲間が、源三に仕返しをした。

そんなところで収まるだろう。

お竜はお蔦を船宿から外へ出し、

「ひとまずこのまま町を出るんだね。お前なら立派にやっていけるさ」

十両を握らせて別れたという。

〝川崎屋〟のお仙は、誰がどうなろうと、変わらぬ暮らしを送るのであろうか。

舟の上で房太郎は、

「おれはもう、おっ母さんの許には戻らねえよ……」

と、留蔵に告げたそうな。

文左衛門は、上機嫌で一杯やりながら、留蔵と房太郎の部屋に想いを馳せていた。

それを尻目に勝之助は、

「そのうちに、おれも仕立屋も房太郎と顔を合わすことがあるやろなあ」

と、お竜に問いかけた。

「明日会うかも知れませんよ」

「その時は、何と言おう」

「さあ。〝どこかで会ったような気がしますねえ〟、あたしはそういうつもりですよ」

「それはええなあ。その台詞、おれに一分で売ってくれ」

「嫌ですよう……」

出会いと別れ、そして再会――。

読めぬ未来に、それぞれの幸せが待ち受けているに違いない。

心に念じて飲む酒が、今宵はやけに心地よく、お竜の胸に沁みていた。

この作品は「文春文庫」のために書き下ろされたものです

文春文庫

父《おや》子《こ》船《ぶね》

仕立屋《したてや》お竜《りゅう》

定価はカバーに
表示してあります

2023年 8 月10日　第 1 刷

著　者　岡本《おかもと》さとる

発行者　大沼貴之

発行所　株式会社 文藝春秋

東京都千代田区紀尾井町 3-23　〒102-8008
TEL 03・3265・1211㈹
文藝春秋ホームページ　http://www.bunshun.co.jp

落丁、乱丁本は、お手数ですが小社製作部宛お送り下さい。送料小社負担でお取替致します。

印刷製本・凸版印刷

Printed in Japan
ISBN978-4-16-792079-1

（　）内は解説者。品切の節はご容赦下さい。

安部龍太郎
等伯（上下）
武士に生まれながら、天下一の絵師をめざして京に上り、戦国の世でたび重なる悲劇に見舞われつつも、己の道を信じた長谷川等伯の一代記を描く傑作長編。直木賞受賞。（島内景二）
あ-32-4

安部龍太郎
宗麟の海
信長より早く海外貿易を行い、硝石、鉛を輸入、鉄砲をいち早く整備。宣教師たちの助力で知力と軍事力を駆使して瞬く間に九州を制覇した大友宗麟の姿を描く歴史叙事詩。（鹿毛敏夫）
あ-32-8

安能　務
始皇帝
中華帝国の開祖
始皇帝は〝暴君〟ではなく〝名君〟だった!?　世界で初めて政治力学を意識し中華帝国を創り上げた男。その人物像に迫りつつ、現代にも通じる政治学を解きあかす一冊。（冨谷　至）
あ-33-4

浅田次郎
壬生義士伝《みぶぎしでん》（上下）
「死にたぐねえから、人を斬るのす」――生活苦から南部藩を脱藩し、壬生《みぶ》浪と呼ばれた新選組で人の道を見失わず生きた吉村貫一郎の運命。第十三回柴田錬三郎賞受賞。（久世光彦）
あ-39-2

浅田次郎
一刀斎夢録（上下）
怒濤の幕末を生き延び、明治の世では警視庁の一員として西南戦争を戦った新選組三番隊長・斎藤一の眼を通して描き出される感動ドラマ。新選組三部作ついに完結！（山本兼一）
あ-39-12

浅田次郎
黒書院の六兵衛（上下）
江戸城明渡しが迫る中、てこでも動かぬ謎の武士ひとり。勝海舟や西郷隆盛も現れて、城中は右往左往。六兵衛とは一体何者か？笑って泣いて感動の結末へ。奇想天外の傑作。（青山文平）
あ-39-16

あさのあつこ
燦《さん》　1　風の刃《やいば》
疾風のように現れ、藩主を襲った異能の刺客・燦。彼と剣を交えた家老の嫡男・伊月。別世界で生きていた二人には隠された宿命があった。少年の葛藤と成長を描く文庫オリジナルシリーズ。
あ-43-5

あさのあつこ
火群《ほむら》のごとく
兄を殺された林弥は剣の稽古の日々を送るが、家老の息子・透馬と出会い、政争と陰謀に巻き込まれる。小舞藩を舞台に少年の友情と成長を描く、著者の新たな代表作。（北上次郎）
あ-43-12

青山文平
白樫の樹の下で
田沼意次の時代から清廉な松平定信の息苦しい時代への過渡期。いまだ人を斬ったことのない貧乏御家人が名刀を手にしたとき、何かが起きる。第18回松本清張賞受賞作。（島内景二）
あ-64-1

青山文平
つまをめとらば
去った女、逝った妻……瞼に浮かぶ、獰猛なまでに美しい女たちの面影は男を惑わせる。江戸の町に乱れ咲く、男と女の性と業。女という圧倒的リアル！　直木賞受賞作。（瀧井朝世）
あ-64-3

朝井まかて
銀の猫
嫁ぎ先を離縁され「介抱人」として稼ぐお咲。年寄りたちに人生を教わる一方で、妾奉公を繰り返し身勝手に生きてきた、自分の母親を許せない。江戸の介護を描く傑作長編。（秋山香乃）
あ-81-1

朝松　健
血と炎の京《みやこ》
私本・応仁の乱
応仁の乱は地獄の戦さだった。花の都は縦横に走る塹壕で切り刻まれ、唐土の殺戮兵器が唸る。戦場を走る復讐鬼・道賢と、救いを希う日野富子を描く書下ろし歴史伝奇。田中芳樹氏推薦。
あ-85-1

井上ひさし
手鎖心中
材木問屋の若旦那、栄次郎は、絵草紙の人気作者になりたいと願うあまり馬鹿馬鹿しい騒ぎを起こし……歌舞伎化もされた直木賞受賞作。表題作ほか「江戸の夕立ち」を収録。（中村勘三郎）
い-3-28

井上ひさし
東慶寺花だより
離縁を望み決死の覚悟で鎌倉の「駆け込み寺」へ――女たちの事情、強さと家族の絆を軽やかに描いて胸に迫る涙と笑いの時代連作集。著者が十年をかけて紡いだ遺作。（長部日出雄）
い-3-32

（　）内は解説者。品切の節はご容赦下さい。

火の国の城（上下）
池波正太郎
関ヶ原の戦いに死んだと思われていた忍者、丹波大介は雌伏五年、傷ついた青春の血を再びたぎらせる。家康の魔手から加藤清正を守る大介と女忍び於蝶の大活躍。（佐藤隆介）
い-4-78

秘密
池波正太郎
家老の子息を斬殺し、討手から身を隠して生きる片桐宗春。だが人の情けに触れ、医師として暮すうち、その心はある境地に達する——。最晩年の著者が描く時代物長篇。（里中哲彦）
い-4-95

その男（全三冊）
池波正太郎
杉虎之助は大川に身投げをしたところを謎の剣士に助けられる。こうして〝その男〟の波瀾の人生が幕を開けた——。幕末から明治へ、維新史の断面を見事に剔る長編。（奥山景布子）
い-4-131

武士の流儀（一）
稲葉　稔
元は風烈廻りの与力の清兵衛は、倅に家督を譲っての若隠居生活。平穏が一番の毎日だが、若い侍が斬りつけられる現場に居合わせたことで、遺された友の手助けをすることになり……。
い-91-12

王になろうとした男
伊東　潤
信長の大いなる夢にインスパイアされた家臣たち。毛利新助、原田直政、荒木村重、津田信澄、黒人の彌介。いつ寝首をかくか、かかれるかの時代の峻烈な生と死を描く短編集。（高橋英樹）
い-100-1

天下人の茶
伊東　潤
政治とともに世に出、政治によって抹殺された千利休。その高弟たちによって語られる秀吉との相克。弟子たちの生涯から利休の求めた理想の茶の湯とその死の真相に迫る。（橋本麻里）
い-100-2

幻の声　髪結い伊三次捕物余話
宇江佐真理
町方同心の下で働く伊三次は、事件を追って今日も東奔西走。江戸庶民のきめ細かな人間関係を描き、現代を感じさせる珠玉の五話。選考委員絶賛のオール讀物新人賞受賞作。（常盤新平）
う-11-1

宇江佐真理
余寒の雪
女剣士として身を立てることを夢見る知佐は、江戸で何かを見つけることができるのか。武士から町人まで人情を細やかに描く七篇。中山義秀文学賞受賞の傑作時代小説集。（中村彰彦）
う-11-4

植松三十里
繭と絆
富岡製糸場ものがたり
日本で最初の近代工場の誕生には、幕軍・彰義隊の上野での負け戦が関わっていた。日本を支えた富岡には隠された幕軍側の哀しい事情があった。世界遺産・富岡製糸場の誕生秘話。（田牧大和）
う-26-2

上田秀人
奏者番陰記録
遠謀
奏者番に取り立てられた水野備後守はさらなる出世を目指し、松平伊豆守に服従する。そんな折、由井正雪の乱が起こり、備後守はその裏にある驚くべき陰謀に巻き込まれていく。

う-34-1

冲方　丁
剣樹抄
父を殺され天涯孤独の了助は、若き水戸光國と出会う。異能の子どもたちを集めた幕府の隠密組織に加わり、江戸に火を放つ闇の組織を追う！　傑作時代エンターテインメント。（佐野元彦）
う-36-2

海老沢泰久
無用庵隠居修行
出世に汲々とする武士たちに嫌気が差した直参旗本・日向半兵衛は「無用庵」で隠居暮らしを始めるが、彼の腕を見込んで、難事件が次々と持ち込まれる。涙と笑いありの痛快時代小説。

え-4-15

逢坂　剛・中　一弥　画
平蔵の首
深編笠を深くかぶり決して正体を見せぬ平蔵。その豪腕におののきながらも不逞に暗躍する盗賊たち。まったく新しくハードボイルドに蘇った長谷川平蔵もの六編。（対談・佐々木　譲）
お-13-16

逢坂　剛・中　一弥　画
平蔵狩り
父だという「本所のへいぞう」を探すために、京から下ってきた女絵師。この女は平蔵の娘なのか。ハードボイルドの調べで描く、新たなる鬼平の貌。吉川英治文学賞受賞。（対談・諸田玲子）
お-13-17

（　）内は解説者。品切の節はご容赦下さい。

乙川優三郎
生きる
亡き藩主への忠誠を示す「追腹」を禁じられ、白眼視されながら生き続ける初老の武士。懊悩の果てに得る人間の強さを格調高く描いた感動の直木賞受賞作など、全三篇を収録。（縄田一男）
お-27-2

奥山景布子
葵の残葉
尾張徳川の分家筋・高須に生まれた四兄弟はやがて尾張、一橋、会津、桑名を継いで維新と佐幕で対立する。歴史と家族の情が絡み合うもうひとつの幕末維新の物語。（内藤麻里子）
お-63-2

奥山景布子
音わざ吹き寄せ
音四郎稽古屋手控
元吉原に住む役者上がりの音四郎と妹お久。町衆に長唄を教えているが、怪我がもとで舞台を去った兄の事情を妹はまだ知らない。その上兄には人に明かせない秘密が……。（吉崎典子）
お-63-3

大島真寿美
渦
妹背山婦女庭訓　魂結び
浄瑠璃作者・近松半二の生涯に、虚と実が混ざりあい物語が生まれる様を、圧倒的熱量と義太夫の如き心地よい大阪弁で描く。史上初の直木賞＆高校生直木賞W受賞作！（豊竹呂太夫）
お-73-2

海音寺潮五郎
加藤清正（上下）
文治派石田三成、小西行長との宿命的な確執、大恩ある豊家危急存亡の苦悩——英雄豪傑の象徴のように伝えられるこの武将の鎧の内にあった人間の素顔を剔抉する傑作歴史長篇。
か-2-19

海音寺潮五郎
天と地と（全三冊）
戦国史上最も戦巧者であり、いまなお語り継がれる武将・上杉謙信。遠国の越後でなければ天下を取ったといわれた男の半生と、宿敵・武田信玄との数度に亘る川中島の合戦を活写する。
か-2-43

加藤　廣
信長の棺（上下）
消えた信長の遺骸、秀吉の中国大返し、桶狭間山の秘策——。丹波を訪れた太田牛一は、阿弥陀寺、本能寺、丹波を結ぶ〝闇の真相〟を知る。傑作長篇歴史ミステリー。（縄田一男）
か-39-1

加藤　廣
秀吉の枷（全三冊）
「覇王（信長）を討つべし！」　竹中半兵衛が秀吉に授けた天下取りの秘策。異能集団〈山の民〉を伴い天下統一を成し遂げ、そして病に倒れるまでを描く加藤版「太閤記」。（雨宮由希夫）
か-39-3

加藤　廣
明智左馬助の恋（上下）
秀吉との出世争い、信長の横暴に耐える主君光秀を支える忠臣左馬助の胸にはある一途な決意があった。大ベストセラーとなった『信長の棺』『秀吉の枷』に続く本能寺三部作完結篇。
か-39-6

風野真知雄
耳袋秘帖
眠れない凶四郎（一）
妻が池の端の出合い茶屋で何者かに惨殺された。その現場に立ち会って以来南町奉行所の同心、土久呂凶四郎は不眠症に。見かねた奉行の根岸は彼を夜専門の定町回りに任命。江戸の闇を探る！
か-46-38

風野真知雄
耳袋秘帖
南町奉行と大凶寺
深川にある題経寺は正月におみくじを引いたら大凶ばかり、檀家は落ち目になり、墓をつくれば死人が化けて出る。近所の商人から相談された根岸も、さほどの事とは思わなかったのだが。
か-46-43

門井慶喜
ゆけ、おりょう
「世話のやける弟」のような男・坂本龍馬と結婚したおりょうは、酒を浴びるほど飲み、勝海舟と舌戦し、夫と共に軍艦に乗り長崎へ馬関へ！　自立した魂が輝く傑作長編。（小日向えり）
か-48-7

梶　よう子
一朝の夢
朝顔栽培だけが生きがいで、荒っぽいことには無縁の同心・中根興三郎は、ある武家と知り合ったことから思いもよらぬ形で幕末の政情に巻き込まれる。松本清張賞受賞。（細谷正充）
か-54-1

梶　よう子
赤い風
原野を二年で畑地にせよ——。川越藩主柳沢吉保は前代未聞の命を下す。だが武士と百姓は反目し合い計画は進まない。身分を超え、未曾有の大事業を成し遂げられるのか。（福留真紀）
か-54-4

（　）内は解説者。品切の節はご容赦下さい。

川越宗一
天地に燦たり
なぜ人は争い続けるのか——。日本、朝鮮、琉球。東アジア三か国を舞台に、侵略する者、される者それぞれの矜持を見事に描き切った歴史小説。第25回松本清張賞受賞作。（川田未穂）
か-80-1

北方謙三
杖下《じょうか》に死す
剣豪・光武利之が、私塾を主宰する大塩平八郎の息子、格之助と出会ったとき、物語は動き始める。幕末前夜の商都・大坂を舞台に至高の剣と男の友情を描ききった歴史小説。（末國善己）
き-7-10

木内　昇《のぼり》
茗荷谷の猫
茗荷谷の家で絵を描きあぐねる主婦。染井吉野を造った植木職人。画期的な黒焼を生み出さんとする若者。幕末から昭和にかけ各々の生を燃焼させた人々の痕跡を掬う名篇9作。（春日武彦）
き-33-1

木下昌輝
宇喜多の捨て嫁
戦国時代末期の備前国で宇喜多直家は、権謀術策を縦横無尽に駆使し、下克上の名をほしいままに成り上がっていった。腐臭漂う、希に見る傑作ピカレスク歴史小説遂に見参！
き-44-1

木下昌輝
人魚ノ肉
八百比丘尼伝説が新撰組に降臨！　人魚の肉を食べた者は不老不死になるというが……舞台は幕末京都、坂本竜馬、沖田総司、斎藤一らを襲う不吉な最期。奇想の新撰組異聞。（島内景二）
き-44-2

堺屋太一
豊臣秀長
ある補佐役の生涯（上下）
豊臣秀吉の弟秀長は常に脇役に徹したまれにみる有能な補佐役であった。激動の戦国時代にあって天下人にのし上がる秀吉を支えた男の生涯を描いた異色の歴史長篇。（小林陽太郎）
さ-1-14

早乙女　貢
明智光秀
明智光秀は死なず！　山崎の合戦で生き延びた光秀は姿を僧侶に変え、いつしか徳川家康の側近として暗躍し、二人三脚で豊臣家を滅ぼし、幕府を開くのであった！（縄田一男）
さ-5-25

佐藤雅美
怪盗 桐山の藤兵衛の正体
八州廻り桑山十兵衛
消息を絶っていた盗賊「桐山の藤兵衛一味」。再び動き始めたのはなぜか。時代に翻弄される人々への、十兵衛の深い眼差しが胸を打つ。人気シリーズ最新作にして、最後の作品。
さ-28-26

佐藤雅美
美女二万両強奪のからくり
縮尻鏡三郎
町会所から二万両が消えた！　前代未聞の事件は幕閣の醜聞に発展する。殺される証人、予測不能な展開。果たして鏡三郎たちは狡猾な事件の黒幕に迫れるか。縮尻鏡三郎シリーズ最新作。
さ-28-25

酒見賢一
泣き虫弱虫諸葛孔明　第壱部
口喧嘩無敗を誇り、自分をいじめた相手には火計（放火）で恨みを晴らす、なんともイヤな子供だった諸葛孔明。新解釈にあふれ、無類に面白い酒見版「三国志」、待望の文庫化。（細谷正充）
さ-34-3

酒見賢一
墨攻
古代中国、「墨守」という言葉を生んだ謎の集団・墨子教団。たった一人で大軍勢から小さな城を守った男を、静謐な筆致で描いた鬼才の初期傑作。（小谷真理）
さ-34-5

坂井希久子
江戸彩り見立て帖
色にいでにけり
鋭い色彩感覚を持つ貧乏長屋のお彩。その才能に目をつけた右近。強引な右近の頼みで、お彩は次々と難題を色で解決していく。江戸のカラーコーディネーターの活躍を描く新シリーズ。
さ-59-3

佐伯泰英
神隠し
新・酔いどれ小籐次（一）
背は低く額は禿げ上がり、もくず蟹のような顔の老侍で、無類の大酒飲み。だがひとたび剣を抜けば来島水軍流の達人である赤目小籐次が、次々と難敵を打ち破る痛快シリーズ第一弾！
さ-63-1

佐伯泰英
御鑓拝借《おやりはいしゃく》
酔いどれ小籐次（一）決定版
森藩への奉公を解かれ、浪々の身となった赤目小籐次、四十九歳。胸に秘する決意、それは旧主・久留島通嘉の受けた恥辱をすすぐこと。仇は大名四藩。小籐次独りの闘いが幕を開ける！
さ-63-51

（　）内は解説者。品切の節はご容赦下さい。

佐伯泰英
陽炎ノ辻　居眠り磐音（一）決定版
豊後関前藩の若き武士三人が、帰着したその日に、互いを斬る窮地に陥る。友を討った哀しみを胸に江戸での浪人暮らしを始めた坂崎磐音は、ある巨大な陰謀に巻き込まれ……。
さ-63-101

佐伯泰英
声なき蟬　空也十番勝負（一）決定版（上下）
若者は武者修行のため〝異国〟薩摩を目指す。名を捨て、無言の行を己に課す若者を、国境を守る影の集団「外城衆徒」が襲う！「居眠り磐音」に続く「空也十番勝負」シリーズ始動。
さ-63-161

佐伯泰英
初詣で　照降町四季（一）
日本橋の近く、傘や下駄問屋が多く集まる町・照降町に「鼻緒屋」の娘・佳乃が三年ぶりに出戻ってきた——江戸の大火を通して描く、知恵と勇気の感動ストーリー。
さ-63-201

澤田瞳子
若冲
緻密な構図と大胆な題材、新たな手法で京画壇を席巻した若冲。彼を恨み、自らも絵師となりその贋作を描き続ける亡き妻の弟との相克を軸に天才絵師の苦悩の生涯を描く。（上田秀人）
さ-70-1

坂岡 真
真《ま》っ向勝負《こうしょうぶ》　火盗改しノ字組（一）
その屍骸は口から鯖の尾鰭が飛び出ていた——。火付盗賊改方の「しノ字組」同心・伊刈運四郎は、供頭・杉腰小平太ら曲者の仲間達と犯人を逐う！　若き新参侍を描くシリーズ第一弾。
さ-71-1

坂岡 真
武士《もののふ》の誇り　火盗改しノ字組（二）
伊刈運四郎ら「しノ字組」は、白兎の面を被る凶賊「因幡小僧」捕縛に失敗。別の辻斬り事件の探索で運四郎は白兎に襲われる。神出鬼没の白兎の正体は？　書き下ろしシリーズ第二弾。
さ-71-2

佐藤巖太郎
会津執権の栄誉
長く会津を統治した芦名家で嫡流の男系が途絶え、常陸の佐竹家より婿養子を迎えた。北からは伊達政宗が迫り、軋轢が生じた芦名家中の行方は家臣筆頭・金上盛備の双肩に。（田口幹人）
さ-74-1

坂上　泉
へぼ侍
明治維新で没落した家を再興すべく西南戦争へ参加した錬一郎。しかし、彼を待っていたのは、一癖も二癖もある厄介者ばかりの部隊だった――。松本清張賞受賞作。（末國善己）
さ-75-1

司馬遼太郎
竜馬がゆく（全八冊）
土佐の郷士の次男坊に生まれながら、ついには維新回天の立役者となった坂本竜馬の奇跡の生涯を、激動期に生きた多数の青春群像とともに大きなスケールで描く永遠の傑作青春小説。
し-1-67

司馬遼太郎
坂の上の雲（全八冊）
松山出身の歌人正岡子規と軍人の秋山好古・真之兄弟の三人を中心に、維新を経て懸命に近代国家を目指し、日露戦争の勝利に至る勃興期の明治をあざやかに描く大河小説。（島田謹二）
し-1-76

司馬遼太郎
翔ぶが如く（全十冊）
明治新政府にはその発足時からさまざまな危機が内在外在していた。征韓論から西南戦争に至るまでの日本の近代をダイナミックかつ劇的にとらえた大長篇小説。（平川祐弘・関川夏央）
し-1-94

白石一郎
海狼伝
日本の海賊の姿を詳細にかつ生き生きと描写し、海に生きる男たちの夢とロマンを描いた海洋冒険時代小説の最高傑作。第97回直木賞受賞作。（北上次郎）
し-5-29

高橋克彦
鬼九郎孤月剣　舫鬼九郎4
父との対面を果たすため、九郎は仲間たちと京に向かう。だが九郎の存在を厭う父の命を受けた風魔衆が、次々と一行に襲いかかる。鬼九郎の運命は？　シリーズ完結編。（西上心太）
た-26-22

田中芳樹
蘭陵王
あまりの美貌ゆえに仮面をつけて戦場に出た中国史上屈指の勇将、高長恭（蘭陵王）。崩れかけた国を一人で支えながら暗君にうとまれ悲劇的な死をとげた名将の鮮烈な生涯。（仁木英之）
た-83-1